初恋の人との晴れの日に令嬢は裏切りを知る

幸せになりたいので公爵様の求婚に騙されません

柏みなみ

ビーズログ文庫

イラスト／藤村ゆかこ

Contents

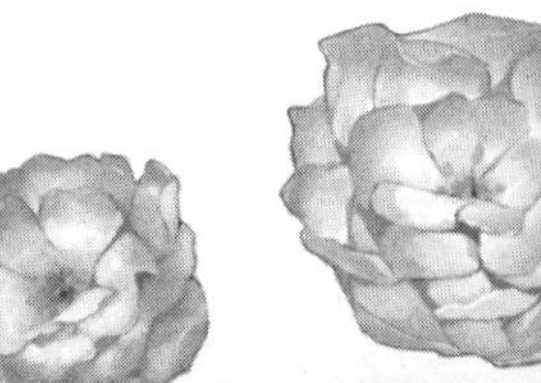

初恋の人との晴れの日に令嬢は裏切りを知る

幸せになりたいので公爵様の求婚に騙されません

人物招介

レオン＝レグルス

エリデンブルク王国の公爵。
王国騎士団の団長を努める
エリート騎士で
『氷の公爵』と呼ばれている。

**ティツィアーノ＝
サルヴィリオ**

サルヴィリオ領の騎士団長を
努める伯爵令嬢。アントニオ王子に
婚約破棄をされた直後、
憧れのレグルス公爵に
求婚され――？

マリエンヌ＝
モンテーノ
男爵令嬢。
アントニオのお気に入り。
アントニオ＝
エリデンブルク
エリデンブルク王国の王太子。
一人称が「俺様」。
リタ＝クアトロ
ティツィアーノに仕える
面倒見の良い侍女。
テト＝クアトロ
ティツィアーノの従者。
リタの双子の兄。
サリエ＝サルヴィリオ
ティツィアーノの母。
サルヴィリオ領の元騎士団長で
『軍神』と呼ばれている。

第1章　婚約破棄と新しい婚約者

「ティツィアーノ＝サルヴィリオ、僕の婚約者披露パーティーにようこそ」

エリデンブルク王国の王太子、アントニオ王子の婚約者の誕生日という事で、王宮にて私の十八歳のパーティーが開かれた。

……と思っていたけれど、彼の横に立っていたのはモンテーノ男爵の娘。

綺麗な顔立ちに、艶やかな金の髪を結い上げ、蠱惑的なエメラルドの瞳を持つマリエンヌだった。

壇上から金髪に青い瞳、整った顔立ちの王子様然としたアントニオ王子がこちらを見下ろしている。

彼は自分の外見を理解しているようで、自身以上の容姿に身分、才能を持った存在はいないと思っている。

その自信に溢れた彼は意味不明のドヤ顔でこちらを見下ろし、マリエンヌ嬢は今から起きる出来事に愉悦を覚えているように見える。

「……殿下の婚約者は私だと思っていたのですが、私は長年勘違いをしていたのでしょうか？」

こんな茶番の為にわざわざパーティーを開いたのだろうか。

今、国境沿いにある自領、サルヴィリオ領で頻繁に出没している魔物の対応と、常にこの国を狙っている隣国リトリアーノのきな臭い動きが予断を許さない状況で、こんなパーティーに来る時間など無かったのだ。

父上が「せっかく殿下がお前の誕生日パーティーを開いてくれるのだから息抜きに行っておいで。こちらは大丈夫だから」と気を遣ってくれたから、顔を出すだけでもと思い、騎士服のまま急いで来たのだ。

しかも、今特に魔物が頻繁に出没しているのはサルヴィリオ領に隣接しているモンテーノ男爵領なのに、マリエンヌがこんなところで茶番を繰り広げている暇などないはずだ……。

と二人を冷たい目で見ていると、アントニオ王子は得意げに私を指差して口を開いた。

「ふん、今日から俺様の婚約者はこのマリエンヌ＝モンテーノだ。お前のような女らしさのかけらも無い、剣を振り回す野ザルのような女と結婚などできるか。何の魅力も無いお前より、可愛らしく淑やかなマリエンヌの方が王太子妃にふさわしいというものよ」

――ほーう。

サルヴィリオ家に生まれた人間は男女関係なく団長となって代々国境沿いの魔物や他国

から領民、国民を命をかけて守ってきている。それを野ザル呼ばわりとは……。

確かに彼女のお胸のサイズは殿下のお好みど真ん中でしょうけどね。

「それに、モンテーノ男爵領が困窮ゆえに防衛費用が捻出出来ないため、サルヴィリオ家に警備の幅を広げてモンテーノ領の国境も警備するよう命じたが……それを口実に騎士団は大量の食糧や備品などを強要していると陳述書が来ている」

――ほー。

自分のところで警備できないならせめて後方支援をとお願いしたことですか？　全く後方支援がありませんけど。

そもそも国境警備を広げたのも婚約者である殿下の顔を立てるため引き受けたんですけど？　しかも、国境沿いの住民は重税に苦しんで、食べる物がないと言っていた。その為騎士団から炊き出しを行うことになったのだ。

そのことは報告をあげているはずだけど……コイツ、読んでないな、報告書。

「なぜモンテーノ領にそんなひどいことができるのか理解に苦しむ。はっ……まさか、最近俺様とマリエンヌが一緒にいるのを聞いて嫉妬でおかしくなったか？」

いや、急にどうした？　こっちが理解に苦しみますが？

一緒にいたことすら小耳にも届いてませんよ。

「ただでさえ魔力が少なく軍神と名高い母親のように戦えんのだから、最低限の部下の統率ぐらいしてはどうだ。さっきからダンマリじゃないか！　その野猿のような脳みそでは言い訳も思いつかんか⁉　ハハハハハ‼」

野猿は少なくともあんたよりよっぽど賢いから。

もはやキョトンの世界。クズの境地。

そう冷え切った目でアントニオ王子を見ても、彼は意味不明の愉悦に浸り、周囲のドン引きの視線に気づいていない。

彼が自分で言った『軍神と名高い母親』であるサルヴィリオ家を侮辱しているのだ。この国の英雄とも言える存在を。

二人を見ていると、一体今まで私のしてきたことは何だったのかと遣る瀬無い思いが押し寄せてくる。

彼が公式の場で違う女性を連れているのはいつものことで、私のことをあんな女は好みではないと公言していた。それでも、婚約破棄にならなかったのは、私が彼の対応を王家に文句をつけなかったからだ。

母の『軍神』という名高い人気と、貴族たちからも信頼の厚いサルヴィリオ家に縁談を持ってきたのは王家だというのに。

十年前に婚約が決まった時から、彼の王子としての資質に疑問を感じていたけれど、王子は彼しかいなかった。彼を支えて国を、民の生活を豊かに……。このエリデンブルク王国を誇りに思える国にしたかった。

けれど、彼ではダメだ。

自分のことしか頭にない……、王子というプライドしかない男では国は滅んでいく。

でも彼には五年前に弟が生まれ、優秀で、聡明と評判だ。先日も第二王子のアッシュ王子と話す機会があったけれど、話した内容はとても五歳とは思えない内容で、国を想い、民を想う方だった。

きっとあの方なら民はついてくれるだろう。

もう辞めよう。

こんな男、こっちから願い下げだ。これ以上こんな男に時間を割くなど愚の骨頂。

彼と私のベクトルは決して同じ方向を向くことは無い。彼も大人になれば立派な王にと思っていたけれど、本人にその意志がなければどうにもならない。

「――アントニオ殿下。貴方のおっしゃる通りです。私では殿下にふさわしくない。テト、アレを出しなさい」

いつか、……いつかと思い、持ち歩いていた書類を後ろに控えていた従者のテトから渡された。

「こちらの婚約破棄の書類にサインをいただけますか？　二部ありますので双方で保管いたしましょう」

「なんだ？　随分と用意がいいじゃないか。貴様も俺様に相応しくないと分かっていたんだな」

踏ん反り返り、大声で笑う彼の振る舞いに王族らしさのかけらもない。

さようなら。

愛も恋も無かったけれど、それでも彼のそばに立てるよう努力したつもりだ。

婚約破棄しなかったのは母の期待に応えたかったからだ。それと――。

二枚ともにお互いの署名があるのを確認して、一枚を彼の下に残し壇上から降りた。

そうして貴族令嬢として退室のための礼をとる。

「では、殿下。これで私は失礼いたします」

「あぁ、これからも国境警備に力を尽くすように」

ご満悦な彼はマリエンヌの肩を抱き、勝ち誇ったように言った。

「はい、これからサルヴィリオ領の警備に尽力いたします。モンテーノ領にいた我が騎士達も自身の領地に戻れることを喜ぶことでしょう」

そう言うと、二人は真っ青になった。

「待て待て！　モンテーノ領は今後も引き続き警備しろ！　これは命令だ！」

「なぜですか？　私は婚約者である殿下の顔を立てるために善意で引き受けただけです。もう婚約者でもございませんし、引き受ける理由はございません」

「ダメだ！　これは命令だと言っているだろう！　そもそも貴様も分かっているだろう？　モンテーノ領は不作続きで国境警備に人員が回せないのだ‼　隣人が困っているのに助けないとは何事か⁉」

顔を真っ赤にして私を責めているけれど、問答するにも値しない。

本当に不作だけが原因なら考える余地もあるが、そうではなく、モンテーノ家の浪費の為の重税だと分かっている。

もはや何からツッコんでいいのか分からない。

「今回の件は、殿下と私の口頭での個人的な話し合いのみのもので、正式な王命を下されたわけではありません。命令とおっしゃるなら正式に母に……陛下からサルヴィリオ家を通して下さい。そんな回りくどいことをされなくても……殿下が婚約者の方の領地を助けて差し上げたらいいではありませんか。殿下の婚約者には、国から大きな予算が割り当てられていたと思いますし。私はそこにはほとんど手を付けておりませんから。殿下の資産と合わせて援助なさってはいかがですか？」

彼が私に割り当てられたはずの予算を使い込んでいたのはずっと前から知っていた。それを知った上で言うと、彼は真っ青になって震えている。

「殿下、いい加減変わりましょう。貴方が守る民のためにも。周りがなんとかしてくれる、ではなく、ご自身が変わる努力をしなければ。周りがどんなに言葉にしても、ご自身が変わろうと思わなければ変われませんよ」

彼は怒りで顔を赤くし、ワナワナと震えている。美しく整った顔もああなると醜いなと思いながら、足を進めた。

周囲の人間は微動だにすることもなく、爛々と目を輝かせ、王家の醜聞に夢中になっている。

その視線を一身に集めながら広間を後にした。

「お嬢。いんですか？」

王宮からサルヴィリオ領に向かう為、翼馬に乗った従者のテトが、こちらをチラリとも見ずに言った。

「何が？」

「王太子妃になるべく、あんなに頑張っていたのに」

「……テト、あんな男が自分の将来の旦那ってどうよ？」

「まぁ、俺なら関わり合いすらしたくないレベルですね。見事なクズっぷりである意味すごいっすよ。リタがいたら、間違いなく瞬殺してましたね」

リタとはテトの双子の妹で、私の専属侍女だ。

二人は旧クアトロ男爵家の次男の子だが、訳あって小さい頃から私と一緒に育ってきた。

兄弟と言っても過言ではない程お互いのことを知り尽くしている。

二人ともそっくりな可愛らしい顔立ちに、栗色の髪。そして綺麗なエメラルドの瞳を持っている。二人を見分けるとしたら、髪型ぐらいだろうか。テトは小さな一つ結びに、リタはお団子を結っている。

リタもテトも騎士団に所属していたが、戦場について来られる侍女としてリタの配置換えがされた。

「だからあの子は王宮に連れて来られないのよ。殿下のこと嫌いすぎて顔見たら蕁麻疹出ちゃうし……」

「そっすねー。あれだけクズなら仕方ないっすけど」

テトは、女の子にも間違えられそうな可愛い顔を歪めて言った。

「……どうせこの婚約破棄のせいで次の結婚は無いだろうし、好きなことしちゃおうかな。元々騎士団長としての期間は殿下と結婚する予定の十八歳までのはずだったし……」

本来なら来月の殿下の二十歳の誕生日に結婚式が予定されていたのだ。

結婚目前での王家との婚約破棄ともなれば傷物扱いで、貰い手がいるとも思えない。

「好きなこと……。例えば？」

「そうね、憧れの騎士の下で修行を積むとか？」

するとテトはワケ知り顔で片方の口角を引き上げた。

「いいんですか？　団長職を退いて。好きだったでしょう？」

「いいの。ウチには優秀な弟がいるから」

そう言って十二歳になった弟のオスカーを思い浮かべながら腰に下げている黒竜の剣に触れた。

最強の竜種から取れた核で作った剣は世界最強の剣と言われ、軽く、堅く、魔力を何倍にも増幅してくれる。

この世界で貴族が貴族たる所以は魔力が使えるからだ。

生後、神殿において魔力判定がなされ、下から『青、赤、黒、白、金』の五段階で評価される。

王族や上位貴族は総じて最高位の金とされる事がほとんどであるが、サルヴィリオ家は伯爵家にもかかわらず、代々金ランクの後継で引き継がれてきた。

けれど私は赤ランクだった。

アントニオ王子にも指摘された通り、私の魔力は下から数えたほうが早かった。

ランクは努力次第で上げられるが、それでも二階級が上限だと言われている。

そんな私に比べてオスカーの魔力判定は『金』という結果だった。彼は私の苦手な身体強化もすぐに使いこなし、次期辺境伯団長としても相応しい。

「そもそも騎士団長も殿下と結婚するまでの条件付きだったし。この剣も……譲らないとね……。団長をオスカーに譲るのは良いとしても、婚約破棄に母上はどれだけお怒りになることやら……」

母に団長就任後渡されたのはこの黒竜の剣だ。魔力の弱い団長が不安だったのか、せめて団長に相応しい剣を持てという意味だろう。

「……大丈夫ですよ。そもそも向こうが意味不明の婚約破棄を言い渡してきたんですから。お嬢が怒られることは無いですよ」

テトはそう言うが、母は私が王太子妃になることを望んでいたと思う。

だからこそアントニオ王子の許嫁になった時、今までの教育のカリキュラムを一新し、厳しい家庭教師を三人もつけた。

サルヴィリオ家の長子として、騎士としての鍛錬ももちろん同時進行で行われた。

魔力の弱い私が団長としてやってこられたのも、この黒竜の剣と、私特有の能力のおかげだ。

私は生まれつき魔力が弱かったが、なぜか、視力、聴力、嗅覚は異常なほど優れていた。

森のはるか奥まで見渡せて、普通の人では感じない匂いを感じとり、隣の部屋でハンカチを落とした音すら聞こえてしまう。

この能力をフルに活用して隣国の動向や、魔物討伐に対処してきたのだ。だけど……こんなことになったのも私の努力が足りないからと思われるかもしれない。

母に持たされた黒竜の剣がズシリと重く感じ、思わず小さくため息が溢れた。

「色々考えたいから、領地までゆっくり帰りましょう……」

頭を整理したくて、本来翼馬で帰れば二日の道中を、途中馬に乗り換え三日かけてのんびり帰る事にした。

――帰宅した際、母は国境警備でおらず、父のいる書斎に向かった。

婚約破棄を伝えないといけないが、気が重くなる。

「父上、ただいま帰りました。……報告したいことがありまして……」

「あぁ、ティツィおかえり。君の婚約が決まったよ」

……ん？

「あ、……えーと。父上、決まったのは婚約破棄で……」

「うん、だから次の婚約者が決まったんだよ」

父が、ニコニコ顔で言いながら、二通の手紙を机の上に並べる。

封をしてある印を見ると一つは王家からのもので、もう一つは……。

「レグルス公爵家⁉」

レグルス公爵家は、現王の妹が降嫁した公爵家だ。国内有数の魔力の強さを代々誇る公爵家の現当主は、王国騎士団の団長と、レグルス騎士団の団長を兼任する武闘派で、サルヴィリオ家とレグルス家は国を守る要の二本柱だ。

「王家からは君宛てに昨日届いていたよ。レグルス公爵家からは僕宛てと、君宛てに今日届いた。僕には婚約の申し込みに関するお願いが書かれていて、君のは今から確認するといいよ」

国の守りの要とは言え、業務的に関わる事の無かったレグルス家がなぜ……？

エリデンブルク王国は王都を中心に各領地があり、サルヴィリオ家は王都から離れた最北の地で国境警備に当たっている。

レグルス公爵は王都の真横に領地を構えているが、現当主が王国騎士団の団長を兼任しているため、各領地で対応出来ない問題が起これば出向いている。

当然最強の母がいるサルヴィリオ領に彼が出向くような案件は無かった。

「……この婚約は決定事項ですか？」

「……嫌かい？」

気遣うようにこちらに問う父は、優しい目をしていて、常に威圧感のある母とは違い、いつも柔らかい雰囲気を纏い誰と接するにもにこやかだ。

父も昔母と戦場を共にしていたそうだが、怪我が原因で一線を退き、今は領地の運営に集中している。

「……母上は、何と……？」

「サリエは、この結婚なら満足いくと言っていたよ」

母が了承（りょうしょう）ということは、最早（もはや）決定事項だろう。答えは「はい」しか選択肢（せんたくし）が無い。

「……分かりました。自室に戻りましたら、頂いたお手紙を拝見させていただきます。それから、モンテーノ領の国境警備ですが……」

「あぁ。それならもう引き揚（あ）げるように早馬を出しておいたから、もうこちらに帰る準備をしている頃だと思うよ」

「そうですか、……この度（たび）は、色々とお手数をお掛（か）けして申し訳ありませんでした」

「良いよ。……王子からの指示とはいえ、ティツィもいい経験になっただろう？」

意味深長に言う父は先日渡したモンテーノの現状報告書のことを指しているんだろう。

「そちらは、処理して帰るようモンテーノにいる兵士たちに話しているから、心配ないよ」

そう言って父は二通の手紙を私に渡した。

「それより、手紙を読んできてごらん」

「はい」

複雑な気持ちで、王家とレグルス家の印が押された手紙を持って自室に戻った。

「開けないんですか？　お嬢様」

テトの双子の妹で私の侍女のリタが言った。

私の机の上には二通の手紙が鎮座している。

「開けるわよ。開けるけど……」

「そうだよお嬢ー。さっさと開けちゃいましょうよー」

ワクワクしているテトを無視して二通の手紙を見つめる。

とりあえず精神的ダメージの弱そうな王家の印の押された手紙をペーパーナイフで開けると、差出人はアントニオ王子からだった。

『愛しのティツィアーノ』

ブッと思わず吹き出した。

「え、どうしたんですか？」

テトは私の横に立ち、手紙を覗き込んだ。

「えーと、何々……。『愛しのティツィアーノ。先日の誕生日パーティーでの婚約破棄についてはちょっとしたサプライズだったんだ。君のその美しい茶色の髪も瞳も僕としてはとても好感を持っている。剣を振り回す姿も、騎士のようでかっこいいと思う。サルヴィリオ騎士団の横暴についてもモンテーノ男爵の勘違いだったそうだ。まったく、そそっかしいのも程々にして欲しいよな。父上にも冗談が過ぎると注意されたので、再度婚約の手続きをしよう。君の都合のいい時に……』……あっ！　何するんですか、お嬢!!」

テトが読み上げた内容に堪忍袋の緒が切れそうになり、思わず取り上げ、握り潰した。

「どうしてあんなにポンコツなのかしら……。人を野猿扱いしておいて……。第二王子が優秀なのが救いね……。そもそもなぜあんなのを誰も教育しないの……!?」

私!?　私が面倒見なきゃいけなかったの!?　そこまでしなきゃいけないの!?

「ツッコミどころ満載っすね。むしろツッコめないところがない！　語彙は死んでるし!!　こんなのが婚約者だったら俺なら恥ずかしすぎて公の場に顔出せないっすね」

ゲラゲラと笑い転げるテトを怒りたいがまったくその通りすぎてぐうの音も出ない。

紙とペンを取り、ささっと返事を書く。

「リタ、これをアントニオ殿下宛てに送っておいて」

そう言って手紙を渡すと、リタが内容を見て固まった。

「……お嬢様。最高です」

そうして親指をグッと力強く立てた。

その横ではまたしても私の返事を勝手に見たテトが「お嬢、猿の絵上手すぎ！」と、舌を出した猿の絵を見てお腹を抱えて悶絶していた。

「さて……」

そう言ってもう一通の手紙に視線を落とす。

この手紙に押してある封蝋の印は何度も見ている。

それこそ毎日と言って良いほどだ。見間違うはずのない獅子が描かれたレグルス公爵家の家紋。

一人でゆっくり読ませてほしいと二人を部屋から出すと、一度深呼吸をして、震える手でペーパーナイフをとり、封を切った。

こんなに手紙を開封するのを難しいと思った事はない。

中から手紙を取り出すと、そこには綺麗な、それでいて力強い文字が並んでいた。

差出人はレオン＝レグルス公爵。

『拝啓ティツィアーノ＝サルヴィリオ様

突然のこのような手紙を出すことをご容赦ください。

先日、アントニオ殿下との婚約を破棄されたと伺いました。

まだ婚約破棄から日も経たぬうちにこのような結婚の申し入れの手紙を出すことをどうぞお許しください。

以前、お嬢様のご勇姿を拝見する幸運に恵まれ、私の暗く閉ざされた世界は光り輝く美しい世界となりました。

しかし、アントニオ殿下と婚約されていることは存じ上げており、この気持ちを伝えることは不可能と思っておりましたが、婚約を破棄されたと伺い、急いでこのような手紙を差し上げたところです。――』

三枚に及ぶ手紙には私を褒め称え、羞恥で死ねるんじゃないかと言うほどの言葉が書き連ねてある。

アントニオ殿下からはもらったことのない……というか、誰にももらったことのない手紙の内容に思わず赤面してしまう。

そして最後に、

『この度の求婚は、政略結婚などではなく、お嬢様の意思決定に委ねたいと思っております』

心落ち着くまでゆっくり考えて返事をしてほしいと書いてあった。

思わず頭を机にゴンとぶつけて、痛みで現実に戻ろうとするが、茹で上がった頭では現実に戻れそうもない。

そっ……と勝手に開けられたドアの隙間からテトが声を掛けてきた。

「お嬢ー‼　初恋の人からはなんて書いてありましたー⁉」

「初恋じゃない‼」

思わず近くにあった万年筆を投げつけると、腹の立つことにひょいとキャッチされた。

入室許可なんて出していないのに、頼んでもいないお茶を用意したリタとテトが入ってくる。

「え？　レオン＝レグルス公爵と言えば王国騎士団とレグルス騎士団の、団長を兼任するあの人ですよね？　初恋の人じゃなかったですか？　だって、『太陽のタッセル』を……」

「初恋じゃなくて……、憧れの騎士よ……」

十年前、王宮にアントニオ王子との顔合わせに行った際、たまたま騎士団の訓練場の横を通った時に彼の剣を振るう姿に心ひかれた。

当時、彼は団長ではなかったけれど、一目見た瞬間美しい剣筋に心奪われた。剣の鞘に刻まれた刻印でレグルス公爵の子息だとすぐに分かった。

模擬戦が行われていたようで、少年特有の体の線の細さで、体格差の大きい大人の騎士たちをものともせず、流れるように剣で薙ぎ払い、然も簡単に勝っていた。

『自分もあんなふうになりたい』そう感じた瞬間だった。

でも、その時彼の顔をはっきりと覚えていなくて、ただただ剣捌きに心を奪われていた。

その後訓練中の事故が相次ぎ、剣を使っての訓練は鎧をつけてするようになったため、騎士達は甲冑に、兜をつけていたので顔は分からなかった。

それからは私の特有の能力を使って、こっそり訓練を見ていた。王宮に行く度、遠目に訓練場が視界に入る廊下を通るそのほんの数秒だけ、

兜を被っていても剣捌きで分かるほどまでに彼の剣は綺麗だった。

剣が風を切る音が他と違う。その音は耳から離れなかった。

昔から、騎士達の間ではマントを留める為のタッセルの飾りに、憧れの騎士や尊敬する騎士の家紋を刺繍し、御守りとして使っている『太陽のタッセル』がある。

エリデンブルクで昔から伝わる神話に登場する神の一柱、『太陽神タッセル』。幸運と戦を司る神として伝えられ、その名にあやかり、タッセルを胸に戦いに臨むのだ。

タッセルに刺繍された家紋は共に戦い、そうなるべく道標を照らす太陽のような存在という意味が込められている。

当時の私も大の苦手な刺繍を頑張って作ったものがある。もちろんレグルス家の家紋を刺繍して。

ただ、それをつけるのは気恥ずかしくてタッセルを小さな麻袋に入れ、首元に下げて着け戦場に向かっている。

それから、七年の月日が経ち、国王陛下に私の騎士団長就任の報告に行った日。アントニオ王子に挨拶する為彼の執務室に向かった時、ドア越しに声が聞こえた。

「我が婚約者が団長に就任した報告に来るそうなんだ。つまらん自慢話など聞きたくもない。たいした魔力もなく、力も無いくせに長子というだけで団長になっただけなのに。時々模擬戦をしてやるんだが、俺様に昔一度しか勝ったことがないんだぞ。あんなのが国境警備につくなど、不安でしかない」

ノックしようと上げていた手を思わず下ろした。

自慢話じゃなく、どの領地も自領の騎士団長に就任したら挨拶に来るのが慣例ですけど。模擬戦も、負けたら癇癪起こして物壊すから態とさっさと負けてあげてるんですよ。負け方あからさまですけど分かりませんか｜？　分かりませんよね｜。ポンコツだから。

そう内心暴言を吐きながら、コイツは挨拶する価値も無いなと思い踵を返した瞬間。

「実力で王国騎士団の団長になった君とは大違いだよ。レグルス公爵」

数人の笑い声が聞こえた中、その名前に足が止まる。まるで足が氷で固められたようだ。

誰に笑われても構わない。

特に、程度の低い婚約者に言われたところで傷つきもしない。それでも、その名前を聞いた途端なぜか恥ずかしくなった。

泣きたくなった。

確かにサルヴィリオ家は長子が団長を務める。母に劣っているのは自分で分かっている。足りない魔力も、技も母の足元にも及ばない。それでも──。

「殿下。魔力も力もないのなら貴方の婚約者様は相当な努力をされたのでしょう。国境の警備を担う重要な団長の座を任されているのです。それを親の七光りだと笑う者の方が愚かです。私は魔力も多いですが、生まれ持った物です。それを無くして団長になった彼女を尊敬こそすれど、嗤うなどありえない」

その言葉に部屋から聞こえた笑い声が止んだ。

その言葉に固まっていた体の緊張がふっと緩み、緩んだ体は涙腺さえ緩ませた。

「公爵、何を言っているんだ。あの女は野猿だぞ？　才能のかけらもないくせに剣を振るのが好きなだけだ。才能が無いなら女らしく少しでも飾り立てればいいものを。そうだ、公爵。今ここにいる彼らは王国騎士団に入りたいそうなんだが君の口利きでなんとかならないかな？　家柄も確かだし魔力も強い者ばかりだ」

「あの誇り高いサリエ＝サルヴィリオ殿が、団長を譲ったんです。彼女がその資格があると認めたからこそ大事なポジションを任せたんでしょう。サリエ殿は自分の子どもだからと言って妥協するような人ではありませんよ。少なくとも、毎日ここで魔力の強さに胡座をかき、何もせず人を見下して笑っている人間を私は相手にする気もない」

母は私に団長を譲ると言った時もいつもと同じ、眉間に皺を寄せ不満そうにしていた。

その後、隊で行われた団長就任式には黒竜の討伐のため不在だった。

仕事と分かっていても、あの時の寂しさは言葉に出来ない。

母の真意がどうかは分からないけれど、母を知り、私を知らない人が私の努力を認めてくれた。

それが尊敬している人なら心が震えてもしようがないだろう。

胸にある太陽のタッセルを握りしめた。

震える手で、強く、強く握りしめた。

「では、私は書類を届けに来ただけですのでこれで失礼します」

公爵様がそう言うと、足音がドアの方に近づいてきたので思わずその場を離れた。

あの時、跳ねた鼓動も、涙で濡れた顔も誰にも見られたくなかった。

「――……で、婚約は決定事項ですか」

テトの言葉にハッと現実に戻された。

「そうね、手紙には私の意思決定に任せたいと書いてあったけど……そもそもこれ……本当にレグルス公爵様が書かれたのかしら……」

「「はい？」」

テトとリタが声を揃えて聞き返してきた。

「テトは公爵様の噂というか……話は聞いたことある？」

「勿論ですよ。戦場でも常に冷静で、敵や魔物に怯む事なく氷のような目で容赦なく斬り伏せていく『氷の公爵』ですよね。社交界でも大して女性に関心を示さず、群がる女性を冷たくあしらうと聞いています。ただ、財力、血筋、騎士としての実力、そして何より美し過ぎる容姿に群がる女性が後を絶たないとか。確か二十五歳になっても結婚どころか婚約すらしない事にご両親が泣いていると聞きます。……でも、お嬢は夢見る少女だから冷たい旦那は嫌っすよね」

「夢見る少女じゃない!!」

思わず近くにあったペーパーナイフを投げつけるとひょいと避けられた。

「でもお嬢様、ヘボ王子より良いと思いますよ」

容赦ないリタが言った。

「いや、そうじゃなくて、この手紙の内容が『氷の公爵』様が書いたとは思えない内容なのよ……」

私が知っているのは彼の剣の腕前だけだ。顔を合わせたことも、話をしたこともない。人物像は噂話でしか分からない。

書いてある内容に、噂で聞く彼らしさを感じないのも不自然だ。

「……何にしても、お母様が賛成なら断れないわ」

「えー、嫌なら嫌って言えば良いじゃないですか。悩んでいるならそのまま言えば良いんすよ。サリエ様なら聞いてくれますよ」

「……どうかしら……」

その時ノック音がし、執事のトマスが、「サリエ様がお戻りで、お嬢様をお呼びです」と声を掛けた。

「レグルス公爵からの手紙は読んだか？」

サロンで、サルヴィリオ第二騎士団の副団長と、その副官が彼女の脇（わき）を固めた状態で騎士服を着た母が言った。

母は胸下まで伸びた長い髪を下ろし、自分の執務机の書類を片付けながら言った。

私の後ろにはテトが控えており、母と会う時は必ず父や騎士など誰かがいて、二人きりで会うことなど無く親子らしさは感じられない。

「はい、先程（さきほど）読みました」

「返事は早めに出すように。結婚式も早々執（と）り行（おこな）うようにしておく。公爵は今南の海岸に発生している魔物の対応で来られないそうで、二週間で目処（めど）がつくと言っていたから、そちらが片付いたらこちらに挨拶に来たいと言っている。それに合わせて、お前の退団式も結婚式までに済ませるよう手配しておく」

「はい」

やはり決定事項なのだ。

「……あの……。母上」

間違いなく知っているだろうけれど、自分の口から言わなくてはと勇気を振り絞（しぼ）る。

「なんだ？」

「この度の、アントニオ殿下との婚約破棄ですが、申し訳ありませんでした」

そう言うと、母は眉間に皺を刻み、この上なく不機嫌な顔をした。

「初めから期待していない」

その言葉に体が竦む。

母の両隣に控えている騎士すらギョッとした顔をするが、母は眉間に皺を寄せたままで視線を逸らした。

初めから期待されていないなら、この十年はなんだったのだろうか……。

「話は以上か？　オスカーの訓練に行ってくる」

そう言って立ち上がった母の身長は私の頭二つ分ぐらい高く、切れ長の目元は不機嫌さも相まって威圧感が大きい。

本来は母がサルヴィリオの第一騎士団団長であったが、その職務を私に譲り、母は第二騎士団の団長へと降りた。

いつか王妃の座についた時、国防のためにも国境警備に関して経験しておきたいと言ったら、結婚するまでを条件に騎士団長を任せてもらえる事になった。

申し出た時期に第二騎士団の担当区域で魔物の中でも最強と言われる竜種が数頭出没したことが大きな理由だ。母が出向くのがベストということもあり、タイミングが良かったというのが本当のところだろう。

私が第一騎士団の団長とは言っても、このサルヴィリオ騎士団最強と謳われるのは母であり、その次席は第一騎士団の副団長であるルキシオンだ。

母が、普通騎士団一個隊で仕留めるのがやっとと言われる黒竜を、一人で倒したというのはあまりにも有名な話だ。

腕一本で荒れ狂うバジリスクを仕留めたという彼女は生ける伝説となっており、私では母にもルキシオンにも到底及ばない。魔力も、力もまだまだ未熟だ。

……私は母に稽古をつけてもらったことがないけれど、オスカーは毎日のように母と稽古をしている。素直に私を慕ってくれている弟をとても可愛いと思う反面、妬ましいと思う自分が嫌でしょうがない。

母に抱きしめてもらった記憶も、愛された実感も無い。ほとんど国境警備で屋敷を留守にすることが多いのも理由かもしれないが、それでも……。

そんな思いを抱えながら、部屋を出て行く母に「行ってらっしゃいませ」と言うしかなかった。

「……お嬢。念のため言っときますけど、サリエ様が期待していないって言ったのはアントニオ殿下にだと思いますよ?」

母の出ていったドアを見つめる私にテトがフォローしてくれるが、何も答えられなかった。

母はいつも私と会う時眉間に皺を寄せ、何かを堪えるようにこちらを見ていて、気に入らないところがあるならはっきり言って欲しいが、それを聞けない自分が嫌だ。

父は「サリエはいつもティツィをとても大事に思っているよ」と言ってくれるが、抱きしめられた記憶すらない私は父なりの気遣いと分かっている。

嘘(うそ)でも母に愛されていると……。どうしたら母が笑ってくれるのか、どうしたら褒めて、抱きしめてくれるのか……。

勉強しても、訓練しても、叶(かな)えることができなかった。

翌日、視察から帰ると、レグルス公爵邸(てい)から使いの人が来ているとの事だった。

「レグルス公爵邸の執事の方がお待ちです。お嬢様がご不在でしたのでお帰りの時間は分からないとお伝えしたのですが……。お早いお帰りでしたね」

「それが、視察中変な視線を感じて、警邏(けいら)の見直しをしようと思って早めに切り上げたのよ」

「今は隣国もおかしな動きをしていますから、気が抜(ぬ)けませんね」

「そうね、しかもそのリトリアーノの、カミラ皇子に似た人を見かけて……一瞬(いっしゅん)だったから見間違いかもしれないけどね。……とりあえず調査するよう指示は出したんだけど」

そんな話をしながらリタと応接室に向かう。

緊張しながらノックして部屋に入ると、執事服を上品に着こなした男性が立っていた。

質の良いメガネと、すらりとそこに立つ姿はよく出来る有能な人間だという印象を一目で相手に与える佇まいだった。

「初めまして、ティツィアーノ＝サルヴィリオと申します。お待たせ致しまして申し訳ありません」

「とんでもないことでございます。こちらこそ突然の来訪の無礼をお許しください。私はレグルス公爵家で執事をしておりますアーレンドと申します、以後お見知り置きを」

彼はそう挨拶をすると、大きな花束を差し出した。

「こちらは私の主人のレオン様からで、レグルス邸に咲く花で公爵様が作られた花束です。本日は主より一つ指令を受けて参りました」

にこりと穏やかに笑いこちらの緊張をほぐしてくれようとしているのだろうが、『一つの指令』とやらに不安を覚え、受け取るのにも余計に緊張する。

「な、何でしょうか……」

「お嬢様のお好きなお花は何ですか？」

「……はい？」

「お嬢様のお好きなお花は何ですか？　必ず答えを頂いてこいと命を受けておりまして。

お答えを頂かないと、私は本日屋敷に戻れません」

アーレンドさんは悲しそうに言うが、私は予想外の指令過ぎて、頭が働かなくなってしまった。

「……え、あ、……お花……ですか。野に咲くお花も、丹精込めたお花もどれも綺麗です」

「それでは、嫌いなお花は何ですか？」

当然彼の期待に沿う答えでは無かったようで、違う方向から聞かれた。

「……嫌いな花は無いですが、強いて言えば香りの強い花が苦手です」

すると、彼は満面の笑みで「ありがとうございます」とお礼を言った。

「これで、主人の下へ胸を張って帰れます。あ、こちらは主人からお嬢様への手紙です」

そう言って封筒を渡し、彼は帰って行った。

部屋に戻り、また机の上で手紙と睨めっこする。

『あなたのお好きな花が分からなかったので、レグルス公爵邸に咲く庭師自慢の花達です。以前伯爵領を訪れた際に触れた街の活気も、自然の美しさも忘れられません。貴方の尽力あってのことと思います。国境で他国と魔物達から国民を守る為に戦うティツィアーノ嬢の癒しに少しでもなれば嬉しい。それから、もしも貴方がレグルス公爵家に入った後騎士団に入ることを望まれるなら全力でサポートします。戦場で貴方が側にいてくれるならこれほど心強いものはない』

そして、前回同様赤面してデスクに崩れ落ちた。

「リタ……このお花、部屋に飾りたいから花瓶を用意してくれる？」

机に突っ伏しながら言うと、「かしこまりました」とリタが珍しく口元を緩めながら言った。

国境警備も、魔物との戦いも、当然のことと思っている。だから誰も、……アントニオ王子だって、社交界で会う大人も、同年代の子も、こんな風に気遣ってくれる人なんていなかったし、そうして欲しいとも思ったことなんてなかった。

彼のメッセージに心がじんわりと温かくなり、なぜか少し瞳が潤んだ。

「噂の公爵様とはイメージが違いましたか？　お会いするのが楽しみですね」

「そうね……」

返事を書かなくては……そう思いペンと紙を用意するも、なんと書いたら良いか分からなかった。

彼の訓練を見たことがあることを書こうか。レグルス家でも騎士として必要としてくれたら嬉しいとか、会うのを楽しみにしていると書こうか……。

そんなことを思っているとふとアントニオ王子の言葉を思い出す。

『お前のような女らしさのかけらもない剣を振り回す野ザル』

あんなクズ王子にどう思われようと構わないが、言っていることは至極尤もで、部屋にある鏡台に映った自分を見てため息をついた。

あの婚約破棄を言い渡された日、王子の横に立っていたマリエンヌ嬢は、輝く金髪に、深いエメラルドグリーンの瞳。白魚のような手に透けるような白い肌、紅く色づく唇。華奢でありながら出るところはしっかりと主張をしている女性らしい体つきをしていて、まさに庇護欲をそそるような女の子だった。

それに比べ、自分はどうだろうか。ありきたりな薄い茶色い髪に、濃い茶色の瞳、焼けた肌に剣だこの出来た手は荒れている。

立ち姿もどこか男らしい気がする。魅力どころか、女らしさという言葉を感じさせる部分が何もなく、一体どこに公爵様の目に留まるところがあったのか理解できない。むしろ本当に私を見たのなら惹かれることはないのではと思う。

暗い気持ちになりながら、手元の紙とペンを引き出しにしまった。

それから毎日レグルス公爵様から贈り物が届いた。

可愛らしい、鈴蘭を連想させるペンダントとイヤリングのセットで、華奢なデザインになっているが、細工や使われている宝石は見ただけで高級品と分かる。

『見頃の鈴蘭が貴方のように可愛らしく、どうしても届けたくなりました』

その翌日はパステルグリーンと、パステルイエローのマーメイドラインのドレスが届いた。可愛らしい色合いだが、スッキリとしたラインが大人っぽさを出し、リタは「お嬢様のイメージにピッタリなドレスです！」と太鼓判を押してくれた。

アントニオ王子は誕生日にはいつも豪華だけれど色の濃いドレスや、大ぶりの宝石を送ってきていたが、メッセージカードさえついていないそれは、きっと誰かに適当に贈らせたものだろう。王宮に行く時に着て行っても何も言わなかったし、興味も無さそうだった。

また次の日は、茶色と黒のペアの可愛らしいテディベアが届いた。

それを見たテトが、「茶色と黒のペアってまさか……。お嬢と公爵……？」と変な顔をしてぶつぶつ言っていた。

ぬいぐるみなんて自分のイメージと違う気がして欲しくても手を出さなかった物だ。そして毎回、添えられている手紙が私の赤面を習慣化させた。

『水平線の凛とした美しさに貴方を思い出した』

『倒した海竜から取れた魔石の輝きに貴方を感じた』

『貴方に贈る為、癒し効果のある魔石を持つクラーケンばかりを退治してしまいました。獲れた魔石を送るので、戦場で使う時にでも自分を思い出してくれたら嬉しい』

なんでそこから私を連想する要素があるの？　とツッコミたかったし、クラーケンばかり乱獲(らんかく)しては、魔物の生態系も崩れやすいので万遍(まんべん)なく退治するべきでは⁉　とか思うところが無かった訳ではない。……訳ではないが、次々と届く贈り物のお礼の手紙に書く内容も気持ちも日に日に変わっていった。

一週間が経つ頃、結婚を受け入れる旨(むね)の返事を出した。

父と、母のいる執務室に公爵様への返事を報告しに行くと、眉間に皺を寄せた母に、衝撃(しょうげき)の言葉を伝えられた。

「分かった。一週間後に挙式をすることになったから、準備をしておくように」

「……はい？」

今結婚の承諾(しょうだく)を決めた返事を出したと伝えたのに、なぜ挙式が決められているのか……。確かに貴族の結婚では顔合わせもせず結婚に至るケースも多いけれど……。

「あの、一週間後は公爵様がこちらに来られる日ですよね……？」

聞き間違いだろうかと思い、確認する。

「どうせ結婚するなら早い方が良いだろう。公爵にも話はつけてある。挙式は王都の教会でする予定だ。何か問題があるか？」

ありえないと思いながらも、嬉しい気持ちと、面と向かって顔を合わすのが怖(こわ)い気持ちがないまぜになり、小さく「はい」としか返事ができず、そのまま執務室を出た。

どことなく重い足取りで廊下を歩いていると、「姉上」と後ろから声をかけられた。

振り向くと、サラサラの金髪で、十二歳になってもあどけなさを残した可愛い顔をした弟が嬉しそうに駆け寄ってきた。

「オスカー、どうしたの？」

「この度はご婚約にご結婚、おめでとうございます。レグルス公爵様といえばあの噂に名高い王国騎士団の団長を務めてらっしゃる方ですよね。とても立派な方だと聞いています。あのクズ王……じゃなくて、アントニオ王子と破談になって僕も嬉しいです」

こんな可愛い弟にまでクズと呼ばれる王子なんてどこの国にもいないと思いながら、「ありがとう」と返事をした。

「姉上がいなくなってしまうのはとても寂しいけれど、僕がサルヴィリオ騎士団の団長になった時、立派になったと褒めてもらえるように頑張ります！」

鼻息を荒くしながらガッツポーズを作り、尊敬の念をこめたキラキラした目で私を見てくる弟はとても可愛い。

「オスカーなら、お母様のように立派な団長になれるわ」

そう言うと、オスカーはキョトンとした。

「もちろん母上も尊敬する騎士ですが、僕は姉上のようになりたい」

「……え？」

「先日、魔物の大群が押し寄せてきた時、こちらの騎士団に死者が出なかったと伺いました！　それから、隣国の人身売買を行う組織を捕縛して領民への被害も出なかったと……。姉上が団長になってから被害はゼロと聞きました！　全て姉上の采配だと。皆自慢の団長だって口を揃えて言っています」

興奮しすぎて酸欠気味なのか、オスカーの顔が段々と真っ赤になっていっている。

「流石姉上の弟だと、そう言われるよう僕頑張ります‼」

私としては、母のように一人先陣を切っていく姿が格好よく見えるが、私にはその才能も能力もない。今自分ができることを精一杯頑張った。それを弟にそんな風に言ってもらえて嬉しくないはずがない。母に認められなくても、こうして認めてくれている人がいる。自分の努力は無駄ではないと……。

「ありがとう。既に自慢の弟だけど、……貴方の成長がとっても楽しみだわ」

そう言いながら、自分より一回り小さい体を抱きしめ、滲む視界を彼から隠した。

第2章 裏切りを知る

「お嬢様。晴れの日に相応しい天気でよかったですね」

新婦の控え室で、私の着替えやメイクをしてくれているリタがとても嬉しそうに言った。

「公爵様の贈ってくださったドレスもアクセサリーも本当に素敵で、間違いなくお嬢様の為だけに作られたものですね」

ドレスの刺繍の柄に合わせたティアラに、イヤリングにネックレス。

用意された香りの弱いトルコ桔梗のブーケは全て公爵様が用意して下さったと聞き、細やかな気配りに彼の優しさを感じ、心が日向にいるような柔らかい温かさに包まれる。

「本当に愛されていますね。慣れない環境は大変だから、公爵家に嫁ぐのにサルヴィリオ家の侍女も一緒に連れて来ていいとまでおっしゃって下さるなんて。護衛兼侍女で同行する旨は伝えてありますから、……これからもお嬢様のお側にいられて嬉しいです」

「私も嬉しいわ。不安に思うことがない訳ではないけれど、リタがいてくれたら本当に心強いもの」

そう言うとリタが目に涙を溜めながらそっとヴェールを被せてくれた。

「……お嬢様なら幸せになれますよ。これまで……たくさん、たくさん努力されたから、アントニオ王子との婚約破棄はきっと神様からのプレゼントですよ」

一拍置いて、思わず笑ってしまう。

「最高のプレゼントだわ」

そう言いながら声に出して笑ったけれど、目に涙が滲んでいたのはきっとヴェールで見えなかっただろう。

「そう言えば、黒竜の剣はご実家に置いてきて良かったんですか？　サリエ様がお嬢様にと用意された剣なのに……」

あんなに立派な剣なのだ。後を継ぐオスカーが使うべきだ。

「良いのよ。サルヴィリオを出て行く私が持って行くより、オスカーが団長に就任した時に使うべきだわ」

そう言うと、リタは小さく「そうですか」と言った直後、「で、耳を押さえて何をしてるんですか？」と尋ねてきた。

「……二つ隣の控え室に、公爵様が戻って来たみたいで……」

「あぁ……。耳が良すぎるのも大変ですね。良いじゃないですか、控え室の会話くらい聞いちゃえば」

「やめてよ。盗み聞きじゃない」

「しようがないじゃないですか。聞こえてしまうんですから」

「しかもアントニオ王子もいるのよ」

「うっわ……。天国か地獄か分かりませんね」

リタはそう心底不快そうな表情を前面に出して言った。

その時、ドアの前で足音が止まったかと思うと、ノック音がして、意識がそちらに向かった。

「はい」

「リリアン＝レグルスと、ウォルアン＝レグルスです。ご挨拶させて頂いてもよろしいですか？」

リリアン様とウォルアン様といえば公爵様の十歳の双子の弟妹だ。

慌てて立ち上がり、「どうぞ」と言って入室を促した。

「初めまして、リリアン＝レグルス様、ウォルアン＝レグルス様。ティツィアーノ＝サルヴィリオと申します。ヴェールをかけたままでのご挨拶をお許しください」

セットされた長いヴェールを下げたまま挨拶をした。

「僕らの方こそ、お忙しい時間に伺って申し訳ありません。僕がウォルアンで、こちらが妹のリリアンです。式が終わったらすぐにハネムーンに向かわれると聞いて、早めのご挨拶をと思って来てしまいました」

ヴェール越しに聞こえる少年の声は穏やかで、優しい。

薄い生地の向こうに見える二人は顔立ちはよく似ているが、表情は対照的だ。

ウォルアン様は穏やかに微笑んでいるけれど、リリアン様は口を真一文字に結んでいる。

そのリリアン様が花の蕾のような綺麗な唇を動かした。

「……貴方、まさか自分がお兄様の一番だなんて勘違いしていないわよね？」

「……え？」

思いがけない言葉に自分の体が固まった。

じわりと足先から登ってくる不快な何かが全身に行き渡るのに時間は掛からなかった。

「リリアン⁉　何を言うんだ⁉」

驚いたようにウォルアン様が彼女を窘めるが、リリアン様は気にする様子もない。

「お兄様には貴方なんかよりもっと、ずっと大事にしている人がいるっていうことよ。勘違いしないように先に教えてあげるべきだと思って」

思わぬ発言に困惑すると同時に、廊下から「レグルス公爵様、国王陛下がいらっしゃいました」という言葉が聞こえ、二つ隣にある新郎の控え室の会話が私の耳を占領する。

「レオン、とうとう年貢の納め時だな。お前はずっとシルヴィア一筋だと思っていたよ」

何度も耳にした、……聞き間違えることのない国王陛下の声。

「陛下、彼女と私の関係は結婚しても変わりません。彼女もティツィアーノ嬢と上手くやってくれますよ」

「しかしシルヴィアの魅惑的な体つきはいつ見てもため息が溢れるな……。あのような女王の風格を持った存在も中々いない。艶やかな黒髪を靡かせて、そこにいるだけで余ですら圧倒され、心奪われる。余にもシルヴィアのような存在がいれば……と度々思うよ」

「彼女は僕のですから。譲りませんよ」

「分かっておる。お前達の間に割って入れる者などおらんよ。先の魔物退治でも活躍していたそうじゃないか」

「ええ。その戦いでシルヴィアは疲れが出たようで、今は療養中です。彼女が私の支えです」

ざわりざわりと、足元から不快なものが込み上げてくる。

「羨ましい限りよのう。アントニオもそう思わんか」

「そうですね。それより僕は公爵がティツィアーノを落としてくれたおかげで、一安心しているところですよ。公爵、僕が渡してやった彼女の情報は役に立っただろう？　彼女の好みから趣味まで、僕と彼女の長い婚約時代で集められた情報だからね。従兄弟である君が国境を守る辺境伯と婚姻を結べば王家も国も安泰だよ」

二週間前に私に婚約破棄を叩きつけてきたクズ王子が弾むようなドヤ声で何か言ってい

る。

元婚約者が口にした吐き気のする内容に、立ち尽くすしかなかった。

「……そうですね。全てアントニオ王子、貴方のおかげです。彼女と結婚することで、国も安泰に繋がると思っていますよ」

低い、バリトンの……甘い声が、私の心を叩き潰した。

これほどまでに自分の能力を後悔したことはない。なぜこのタイミングで感覚強化をしてしまったのか。

……最初からおかしいと思っていたのだ。

彼のような地位も、名誉も、容姿も、騎士としての実力も兼ね備えた人が、会ったこともない私に求婚してくるなんて……。

彼を知ってからこの十年、意識をしなくても、彼の噂話は耳に入ってきた。

最強の竜種を退治したとか、軍の改革、五十年前に奪われた南部の奪還、他国の皇女と結婚話が持ち上がっているとか……。

そんな話を耳にしながら、いつかアントニオ王子の横に立つ時、彼に立派な王太子妃と認めてもらえるよう、誇ってもらえるように……国を、彼らを守れる人間になると決めた。

結局はアントニオ王子との婚約は破綻したけれど……。

婚約破棄を突きつけられた時、こんなのと結婚せずに済んで良かったという思いと、母を落胆させたという後悔、そして彼の目に留まることなく無駄な十年を過ごしたという思いだった。

　だからこそ、公爵に求婚された時、私なんかで良いのかという複雑な思いと、嬉しいという気持ちで舞い上がった。

　けれど、……彼は恋人がいながらも国の為に私に結婚を申し込んだのだ。

　貴族で政略結婚は当たり前だ。それなら初めからそう言ってくれれば良いのに。

『政略結婚などではなく、お嬢様の意思決定に委ねたい――』

　そんな言葉はいらない。

　甘い言葉も、手紙も、贈り物も、初めからいらない。

　初めから期待なんかしないのに。

　鏡に映る自分を見て乾いた笑いが溢れた。

　所詮野猿が着飾ったところでと笑いものになる前で良かった。

　何を調子に乗っていたんだろうか。

　彼のプレゼントも、手紙も、気配りも所詮国の為でしかなかったのだ。

　母にも認めてもらえず、婚約者から女らしさもない野ザルと言われ、新しい婚約者にはすでに心を占める人がいる。

　私の人生は何なのか、新しい生活もこんな気持ちで過ごしていかなければいけないのか。

まだ、アントニオ王子との結婚には自分にできる目標があった。伯爵家では騎士団長としてやるべきことがあった。でも、このまま結婚したら？

戦場でも、私生活でも彼を支える『シルヴィア』がいるのに、私の居場所はどこにも無い。

夫にすら顧みてもらえない妻として、ただ子どもを産んで生きていくの？　そもそも子どもを産める関係になれるのかすら疑問だ。

彼の気持ちが私にないならいっそ……――。

「――……アーノ嬢？　ティツィアーノ嬢？」

ウォルアン様の声でハッと我に返る。

「あの、妹が大変失礼なことを言い、申し訳ありません」

慌てたように頭を下げるウォルアン様だが、きっとシルヴィアという兄の恋人の事は知っているのだろう。

リリアン様は腕を組み、「本当のことを言って何が悪いの」と頬を膨らましている。

彼女はシルヴィアという人を慕っているのかもしれない。美しく、女王然とした女性に比べ、婚約者にすら魅力が無いと言われた私では不満があるのも当然だろう。リリアン様には感謝すべきだ。今後の自分の身の振り方が決まった。

そうして、リリアン様の前に片膝を突き、騎士の礼を執ると、彼女は一歩後ずさった。

「な、……何よ!?」

「リリアン様。ご助言ありがとうございます。仰る通り、私には過ぎた方です。どうぞ、レオン＝レグルス公爵閣下に『愛する方とお幸せになって下さい。私も、……愛する人の為に人生を歩みます』とお伝えください」

「え!?」

――あ、『愛する人』の前に『いつか』をつけ忘れたけど、まぁ結果は同じだしどうでもいいか……。

そう思いながら、驚くリリアン様の手を取り、「貴方の勇気あるご助言に感謝いたします」そう言って手の甲にキスをした。

「お嬢様!?」

「結婚は取りやめよ、リタ。出るわよ」

そう言って窓を全開にする。

「はい!?　何をおっしゃっているんですか!?」

「ティツィアーノ嬢!?」

ウォルアン様が驚愕の声を上げる。

「ウォルアン様、公爵様に、『お互い幸せになりましょう』とお伝えください」

そう言って慌ててついてきたリタと二階の窓から飛び降りた。

「お嬢様!! どういう事ですか!?」

リタが厩舎に繋いであった自身の翼馬に飛び乗りながら悲鳴のような声で言った。

「公爵様には他に昔から愛する『シルヴィア』という方がいらっしゃるのよ。それを、バカ王子が婚約破棄したから嫌々彼にお鉢が回って来たけれど、公爵様は今後も彼女との関係を続けるつもりだそうよ」

先ほど聞こえた内容を説明しながら、私もリタの隣に繋いであった翼馬に飛び乗ると同時に、視界を遮るヴェールを外した。

私より顔色を悪くしてリタが信じられないと呟く。

「だから言ったじゃない。噂の彼と手紙の内容があまりに掛け離れているって。……きっと誰かに書かせていたのよ。アントニオ王子が大々的に婚約破棄を言い渡した手前、次の婚約は円満であると見せる必要があったんでしょうね。私の意志で婚約したという必要がね……。私は結婚式から逃げ出した手前もう家に戻るつもりはないけれど、リタはサルヴィリオ領に帰るといいわ。テトも待ってるしね」

「……私はお嬢様のそばにいますよ。ずっと」

と優しい瞳で言った。

「で、これからどうするんですか?」

「とりあえず、レグルス邸にメイドとして行くわ」

「……は？」

「レグルス邸で働くのよ」

「……は？　あれ、幻聴かな？」

「『シルヴィア』を見に行くわ」

「……何の為に？」

「国王陛下にすら『魅惑的な体』『心奪われる』とまで言わしめた女性よ。しかも公爵様を戦場で支えるほどの腕前だとか。……このまま引き下がったりしないわ」

「そんなことする必要あります？」

「あるわ。元婚約者に『野ザル』と言われ、求婚された相手には魅惑的な恋人。……綺麗になって、過去の男達に後悔させてやるのよ！」

「え、伯爵家出たら見せつける事もできないんじゃ……」

超絶死んだ目で呟きこちらを見るリタにイラッとする。

「敵を知らなければ勝負にならないわ。情報を集めるの。今回は勝ち目がないと逃げたけど、戦う準備をするのよ!!」

「戦じゃないですよ……。ここで兵法書の内容なんて持ち出さないで下さいよ」

「いいえ、これは戦いよ。私をコケにした男たちに一泡吹かせて、素敵な男性と幸せになるのを見せつけてやるのよ‼　私を野猿扱いしたことを後悔させてやるんだから！」

「えー……」

呆れを通り越した目をしつつも、リタは言う。

「それに、レグルス公爵領には『必ずなりたい自分になれる』という美容の専門店があるのよ。確か『レアリゼ』というお店だったかしら。最近王都の女性たちもそこに行って美しくなって帰ってくるそうよ」

「えぇ？　新手の詐欺じゃないですか？　そもそもお嬢様が美容や流行について知っていること自体が……」

彼の求婚が始まってから色々レグルス公爵領について調べていた時、偶然知ったのだ。

最近女性がレグルス領で美しくなって帰ってくると。

貴族の令嬢の間でも話題だそうで、そこに行った令嬢は帰ってくるなり即結婚相手が見つかるともっぱらの噂だそうだ。

「いいじゃない。行ってみる価値はあるわよ。交易も盛んだからリタの言う通り美味しいものもいっぱいあるわよ！」

「なんか方向性間違ってません？」

そう言ったリタの言葉に聞こえないフリをして、「何か言った？」と聞き返した。

「……あぁ、もう好きにしてください。で、どうするんですか？」

「とりあえず公爵様は結婚式が終わったら、ハネムーンの前に一度南部の魔物対策の急ぎの用を済ませるはずだったでしょう？　南部に行けば往復だけでも一週間は帰ってこないわ。その間だけ、私が結婚した際一緒に連れていくはずだったメイドとして潜り込むの。どうせ公爵様が帰ったら出て行かないといけないいんだから、シルヴィアについて調べたらさっさと引き揚げて、そのお店に行くのよ」

「うまくいきますかね……。お嬢様は執事の方とお会いしていますよね？」

「うまくいかすのよ」

そう言って後ろに束ねていた髪をバッサリと持っていた短剣で切った。

「お嬢様⁉」

「人はね、違う環境で、違う雰囲気で会えば中々分からないものよ。服装も髪型も変えてしまえば一度見た程度の人間なんてそうそうわかるもんじゃ無いわ。あなたはリタのままで、私は……ティー……いいえ、アンノと名乗るわ」

団長として大人っぽく見せようと出していた額も、長い髪も、ショートカットにして、前髪を作れば随分幼く見えることだろう。

「分かりました」

リタは顔を歪めてため息と共に渋々了承した。

「それからリタ、公爵邸から事前にもらっていたメイド服があるわよね。予備も貰ってるんでしょう？　私にもそれを貸して」

そう言ってリタの翼馬に括りつけられていた荷物を指差すと、「……はい」と、諦めたような遠い目をして言った。

――「ここの結界は凄いわね……」

レグルス公爵家のメイド服に着替え、屋敷に向かうと、近づくだけでもわかる結界の強力さに思わずリタに言った。

「そうですね。一度入ったらこっそり抜け出すということは難しそうですね。……行きますか？」

「もちろんよ。今更帰らないわ」

そう言って、公爵家の正門の前に立った。

門番にサルヴィリオ家から来たと伝えると、すんなりと応接室に通され、執事のアーレンドさんが対応した。

目があった瞬間彼の視線にどことなく不安を感じたが、彼はにこりと微笑む。

「ようこそ、お越し下さいました。我が主人からティツィアーノ様が連れて来られる侍女の方々を丁重におもてなしするよう指示を頂いております。今からお屋敷のご案内を致します」

そう言って、調理場から、客間、洗濯室まで案内をしてくれた。

その時、メイドの一人が足早にやって来て、「旦那様のお戻りです」とアーレンドさんに伝えた。

――早すぎる！　そう思いながらも私もリタも顔に出すような愚かな真似はしない。

――大丈夫。彼は私を見たことはないし、手紙も誰かが代理で書いていたものだ。髪も切った。令嬢の格好もしていないし、騎士服も着ていない。手は荒れ、日に焼けた肌からは貴族らしさは感じない。

――令嬢らしさのかけらなんて無い。

「では、お二人も旦那様のお迎えに参りましょう」

そう誘われ、アーレンドさんの後ろについて行った。

大きな玄関ホールの正面で、アーレンドさんの後ろに付き待機していると、重厚な玄関からリリアン様とウォルアン様の前を進み、入ってきた人は紛れもなくレオン＝レグルス公爵だろう。

艶やかな黒い髪に、ダークブルーの瞳。

そこに立っているだけでざわりとした色気と、相手を跪かせる高位貴族の雰囲気が漂っている。

整った顔立ちに女性が騒ぐのも分かる。

彼こそが間違いなく公爵様だ。

ダークブルーの瞳は仄暗い怒りを纏っているようで、周りにいる人間が真っ青な顔をして一定の距離を置いている。

花嫁に逃げられたことが彼のプライドを傷つけたのだろうか。

私に縛られることなく、愛する『シルヴィア』との時間ができたのを喜んでも良いものなのに。

本来ならもう結婚式を終え、二人で南部に向かっている予定だった。

今日の朝まで自分の新しい生活に胸を躍らせていたと言うのに、……半日でこうも世界が暗く感じるものだろうか。

「お帰りなさいませ、旦那様」

アーレンドさんの挨拶と同時に私もリタも彼のそれに倣って頭を下げた。

第3章　落とされた恋

——三年前の魔物討伐の最前線。辺境伯であるサルヴィリオ家の長女が新しく団長に就任したと聞き、王国騎士団団長として国境警備と新任団長の実力を把握する為、伯爵家の当主に許可をもらい、身分を隠して一兵卒として実戦に参加した。

サルヴィリオ家騎士団には主に二つの仕事があり、隣国リトリアーノから国境を守ること、そして両国の間にある魔の森に住む魔物達から民を守る責務を担っている。

魔物と言っても、魔力を持つ生き物を魔物と一括りにしており、人間に危害を加える魔物の駆除を行うのが騎士団の仕事だ。

魔物を倒した際、魔力の塊の結晶となった核が取れ、宝石のようなそれは『魔石』と呼ばれる。

魔石には、『癒し』『炎』『浮遊』など魔物によって効果は異なり、単体で使うこともあれば、魔法で加工して魔道具にするなど用途は様々だ。

基本高値で取引されるが魔石の価値もピンからキリまでで、騎士団で討伐された魔物はサルヴィリオ家が一括管理し、防衛費や討伐の特別手当として団員に配られる。

今回は定期的に行われる魔物討伐ということで、事前に作られた日程や目標討伐数などが記された計画書も伯爵から貰っていた。

そうして討伐に参加する際、どこにでもいそうな人間に見える魔道具の指輪を使用した。シンプルな銀の指輪は誰の印象にも残らない。

魔法のかかった魔石は指輪の裏側に嵌め込んであり、この魔道具を使うと、濃い茶髪に、青い瞳のどこにでもいそうな凡人に見える。顔を合わすのを三日以上空ければ再びどこかで再会しても全く分からないか、『どこかであったかも?』程度で思い出される事はない。

伯爵の手回しで彼女の部隊に配属してもらい、近くで彼女を観察することができた。

彼女の噂というか話は従兄弟のアントニオ王子がよく口にしていたので、勝手に彼女のイメージが出来上がっていた。

『茶色の髪に茶色の目、剣を振るうだけが取り柄の乱暴者』『美人でもないし、色気も無い。なんであんな女と結婚しなければいけないんだ』

サリエ＝サルヴィリオ伯爵夫人は知っている。

婿養子に来た夫に伯爵の地位を譲り、サルヴィリオ騎士団最強の騎士として、今も昔も常に最前線で戦っている。

まさに生ける伝説の彼女は身長も優に一九〇センチを超え、ガタイの良い男性騎士と並んでも見劣りしない。その娘もきっと剛腕な騎士なのだろうと思っていた。

ところが、ティツィアーノ＝サルヴィリオは小柄というか、一般女性と何ら変わらない。化粧っ気は無く、特別美人という訳ではないが、バランスの取れた整った顔立ちをしている。

ガタイの良い騎士達に囲まれ、頭二つ分近く小さい彼女に何とも言えない頼りなさを感じるが、濃い茶色のその瞳にはそんな感情は不要だと言わんばかりの強さが秘められている。

彼女は魔の森全体が見渡せる見通しの良いところに立ち、しばらく森を見つめた後、手元の地図に何かを書き込み側近達と話し合っていた。

周りの側近達も新米の団長である彼女の指示を心配するでもなく、一心に耳を傾け、指示を受け入れている。

魔物の討伐は厄介だ。

思わぬところから大物が出てくる事もあるし、それが必ずしも体が大きいとは限らない。目視出来る距離にいた時には後手に回るということも多い。

その魔物討伐を幾度も経験しているであろう精鋭達が反論もせず従っている。

――計画書通りに行くかどうか、……お手並み拝見だな。

そう思いながら見ていると、騎士達を集め、彼女が話し始めた。

その声は早朝の澄んだ空気の中、凛とした、よく通る心地の好い声だった。

「騎士団の諸君。今回の討伐はあくまで村近辺の魔物の討伐だ。功績を求めて決して深追いをしないこと。単独行動しないこと。無理だと思ったら逃げること。これらを遵守して欲しい」

騎士団に逃げろ？　サルヴィリオ家は国境を守る任についているにもかかわらず、そんなことを言うようになったのかと正直落胆した。

「あ、あの！　それでは騎士団の面目が立ちません。我々は魔物の脅威から民を守るためにいるのではないですか⁉　そんなことをしたら笑いものにされるだけです」

一人の新米らしき騎士が彼女に向かって言った。

「貴様如きがティツィアーノ＝サルヴィリオ様に意見するとは……」

ティツィアーノ＝サルヴィリオの横に立っていた副官らしき人物が怒りも露わに言った。

確かあの男は以前から第一騎士団の副官を務めていたルキシオン＝バトラーだ。サリエ＝サルヴィリオ伯爵夫人に絶対の忠誠を捧げていたと思ったが、今は娘の副官に配属されたのか。

その副官を手で制したティツィアーノ＝サルヴィリオは新米騎士に向かって言った。

「ルキシオン、いいの。……貴方達が逃げ帰っても笑われることはない。笑われるのはその采配ミスをした団長である私だ。誰一人欠けることなく、必ず全員ここに戻ることを約束してほしい」

そう言った後、彼女は力強く笑った。

誰一人欠けることなく？　騎士達にそれを言うのはお門違いだ。

――とんだ甘ちゃんだな。

新しい国境警備を担う団長に落胆を感じながらも、森に入っていった。

面白いように簡単に討伐が進められていく。無駄のない人員配置に、後方支援。

森を進んでいくにつれ現れる魔物達の種類に合わせた魔法攻撃も全くミスマッチがない。

どこにどんな魔物が、どれくらいいるのか分かっていたかのようだが、魔物は決まったところに巣を作らない種類が多く、事前に予測を立てることは不可能だ。

しかも、経験の少ないであろう新米騎士達は常に討伐の簡単な魔物と戦っているし、明らかに勲章持ちの騎士たちは連携を取り強い魔物の討伐に当たれている。

こんな采配は不可能だ。戦力が偏ることのないよう強い者も、新米も一つの部隊になって動くのが定石。

彼女の手柄の為に、あえて魔物を配置した？　いや、それでも魔物の出没は予測できる訳がない。

『誰一人欠けることなく』

その言葉に現実味を感じ、ぞくりと体を何かが駆け上がる。

そうやって単調過ぎるほどの討伐が進み、日が頭の真上に昇った頃、彼女が副官のルキシオンに指示を出した。

「全軍引き揚げさせて。もうあらかたの討伐は終わったから一旦陣営に戻って休みましょう。魔石も一日目にしては十分でしょう。後二日日程が残っているし」

「かしこまりました。では、後は私に任せて先にお戻りください」

「ありがとう。よろしくね」

そう言って彼女は顔立ちのよく似た兄妹らしき二人の騎士を連れて戻って行った。

副官は全騎士団に帰還の狼煙をあげ、周りにも指示を出していた。

——北の国境警備も問題なさそうだな。思った以上に有能な団長だ。

そう思いながら騎士団と共に陣営に戻ろうとした時、部隊から離れ、森の奥に入っていく騎士団員達が数人いた。誰にも気づかれないようにその一行の後を追う。

三人組の新米騎士達のようで、先ほどティツィアーノ＝サルヴィリオに意見していた者も交ざっていた。

「オイ、騎士団から離れて大丈夫かよ」

「大丈夫だって。俺たちあんなに魔物倒したじゃねーか」

「もう少し魔物を倒して魔石を山分けしようぜ。せっかくモンテーノ領からサルヴィリオに移ってきたんだ。前よりはよっぽど良い待遇だけど、もっと優雅な生活したいじゃねーか」

　そう言いながら彼らはどんどん奥の方へ進んでいった。

　三人組は数匹魔物を倒し、「こいつで最後にしようぜ」とまだ子どもの翼馬を取り囲んだ。その時、ざわりと全身を悪寒が駆け巡った。

「右だ‼」

　思わず叫ぶと、そこには巨大な蛇の魔物、バジリスクが三人を見下ろしていた。

　深い緑と、焦げ茶の斑模様のそれは、チロチロと覗かせる赤い舌が異様に目立つ。

「「「っ……うわあああぁぁぁあ‼」」」

　その瞬間、三人の右方向からバジリスクが襲いかかって来た。

　装備品として渡されていた剣に魔力を通し、三人の前に立ち尾を防ぐ。しかし、三人の前で実力を出す訳にもいかないし、出したとしても彼らのレベルでは魔法の巻き添えにする可能性もある。

　本来なら一個小隊できちんとした連携を取り討伐すべきサイズの魔物だ。

「あ、あんた、すげえな……」

「た、助かった……」

　腰を抜かした一人がそう言ったが、三人を守りながら戦うのは分が悪い。

「ここは、俺に任せてお前達は本隊に知らせに行け」

三人にそう言うも、翼馬の子どもが気になるようで、戻るのを渋っている。

「自分の命と魔石はどっちが大事だ？　すでに軍律違反を起こしているんだ、これ以上違反事項を増やさないほうが良いんじゃないか？」

そう言うと、三人がぎくりとする。

「そ、そうだな、すぐに助けを呼んでくるからな」

そう言いながら本隊の方に戻って行くと同時に子馬の翼馬もその場から離れていった。

——これは、保身を図って助けを呼ぶことは無いな。こうなったら自分でどうにかするしかない。そう思いながらバジリスクに対峙した時、背後から声がした。

「口元を塞げ！」

そう声が聞こえた瞬間、目の前にティツィアーノ＝サルヴィリオが降り立った。

彼女は何かをバジリスクに向かって投げつけた。

鮮やかな赤い液体がベッタリとバジリスクに付くと同時に、強烈な刺激臭がして、思わず布で口元を覆うと、彼女は私の腕を引っ張り走り出した。

ちらりと後方を見ると魔物はその刺激臭をものともせずこちらを追いかけてくる。

バジリスク用の嫌がる臭いか何かを投げつけたかと思ったが、違うようだ。

「何を投げ付けたんですか⁉」

「黙って、もうすぐ着くから‼」

その時、高い崖に退路が塞がれた。

この崖は流石に登れない。――やはり、私が倒すしかないか。

そう思った瞬間、彼女は迫ってくる魔物に向かって不敵に微笑んだ。

「さようなら」

その笑顔に目が釘付けになった瞬間上空からワイバーンがバジリスクの頭上にのし掛かった。

さらにもう一羽、尾を鷲掴みし、二羽でそれを引きちぎり崖の上空にある巣へと持ち帰っていった。

あまりのあっという間の出来事に呆然としてしまう。

「あの刺激臭は、バジリスクの感覚を狂わすものでも何でもなく、真っ赤な液体でワイバーンが見つけやすいように付けたもので、落ちにくい塗料にしたら臭いが強烈になっただけだから」

つまり、彼女はここにワイバーンがいることを把握していたということだ。この巣は野営地から見えにくいところにあるが、いつここを知ったのだろうか。

そう驚きながら彼女を見ていると、スッと彼女の目が細められ、低い声で聞かれた。

「ところで、どうして三人を隊に戻した？　一人であのバジリスクは無謀だと思わなかった？」

「……四人で死ぬより僕一人の犠牲で済むならと思いまして……」

本当は一人であれと対峙した方が楽だったからだ。

簡単に倒せるとは思わなかったが、それなりのダメージを与えて逃げる時間は稼ぐ自信があった。

「僕一人の犠牲？」

彼女は濃いブラウンの瞳に怒りを滾らせ、繰り返した。

「はい、彼らはまだ新米騎士ですし、未来ある若者です。民の為にも……戦って命を落とせるなら本望です」

本当は国の為に死んでも良いなんて思っていないけれど、自分の命を重たいものだとは感じない。戦争や討伐で消えていく命を数えきれないほど見てきた。

『戦って死ぬ』それが私の人生だ。

もちろん簡単に死ぬつもりはないけど、自分の人生に執着はない。

そんなことを考えていた瞬間、胸ぐらを掴まれ後ろの木の幹に叩けつけられ、絞り出すような声で彼女は言った。

「死ぬことは許さない。どんな状況でも生きることを諦めるな。命令だ」

その瞬間心臓が大きく跳ねたのが分かった。

彼女に向けられた瞳は、逸らすことを許さないものだった。

こんなにも強い光を瞳に宿した女性を見たことがあっただろうか。いつも寄ってくる女性はキツイ香水の香りを漂わせ、とても好ましいとは思えない視線を向けてくる。

媚を売るだけでなく、私の価値を値踏みし、自身を飾り立てることに全てを注いでいる。

でも、今目の前にいる彼女は訓練で日に焼けた小麦色の肌に、剣だこの出来た手で私の胸ぐらを掴み、化粧っけの無い肌を晒し、その瞳はきらきらと生気に満ち溢れている。

視線をその美しさから引き離すことなどできず、自分の全神経が彼女に集中する。

「貴方の犠牲でどれだけの人間が悲しむと思うんだ。家族や、仲間、……この瞬間をこの短い時間を共有した私ですら貴方が死んだら心は苦しい」

私は部下に、周りの人間にそんなことを感じたことなどない。

戦う立場にいる以上それは当然のことと受け入れているし、戦場にいる人間はそう感じている人間が多いだろう。

でも彼女は心が豊かで、きっと人の心に寄り添える人間だ。

私が死んだら辛いというその言葉は、今の彼女の表情が、瞳が、真実だと表している。

「私は騎士団長として、未来の王妃として国民の命を守る立場にあるが、騎士達の命だって変わらない。全ての命を守ろうだなんて、傲慢な考えだと分かっている。この手から溢れていく命だってある。……それでも私の手の届く範囲だけでも守らせて。だから、貴方も自分の命を簡単に諦めないで欲しい」

きっと彼女は貴族社会の腹の探り合いや、化かし合いはできない性格だろう。実直で誠実。でもその純粋さではこの貴族の世界は生きにくいはずだ。まして王家など欲望と陰謀にまみれた象徴だ。

「……よく……わかりました」

「え？」

ならば、私が彼女の手が汚れることの無いように、彼女の想いを歪ませることの無いように、全てのものから彼女を守ろう。

「そのままの貴方で国を守ってもらえるのなら、私たち民は幸せです」

そう言うと彼女は少し驚いたように目を見開いた。

「貴方の為に死んでもいいと言ったら貴方は怒るんでしょうね」

そう笑いながら言うと、彼女はムッとしたように、「当然だ」と言った。

「では、貴方の為に生きることを許して頂けますか？」

そう言って、片膝を突き、騎士の忠誠を誓う礼をとった。

すると彼女は自身の剣を鞘ごと外し、私の肩に触れるか触れないかのところでぴたりと止め、心地好い声で言った。

「貴方の生きる目標ができるまで、その心と忠誠を預かります」

普通はそんなことは言わない。

騎士の忠誠は貴族、王族共に騎士が生涯死ぬまで誓うものだ。それを誓われるものは数を誇る。強制できない忠誠は自身を高めるものとされているからだ。

剣が引かれた気配を感じ、下から彼女を見上げると、森に差し込む光が彼女を照らし、女神のようだと思った。

全身は硬直し、彼女の美しさから目が離せない。

大きく響く鼓動は耳に響き、ざわりと不快ではない何かが全身を駆け巡った。

その直後、泣きたくなるような、胸がじわりと苦しくなる感覚に襲われる。

彼女は王太子の婚約者だ。

人生で初めて何かを欲しいと思ったその瞬間、手に入ることはないと知った。

三年前のあの感情を忘れることは無かった。

南の海域に発生している魔物の大群の報告の為に王宮に上がった時、重厚なドアの外にも聞こえるほどの怒鳴り声が響き渡った。

またアントニオ王子が父王に叱責されているようだ。

出直そうとしたその瞬間思いがけない話が聞こえ、ドアの前で足が止まった。

「馬鹿者が!! あれだけ侮辱した上に、婚約破棄をたたきつけたんだぞ! 手紙一枚で済まそうとは……アントニオ! 貴様に呆れてもう言葉もないわ!!」

婚約破棄?

たたきつけた? ティツィアーノ＝サルヴィリオに?

今までにないほど……足元が浮いた感覚に襲われ、それと同時にざわりと体の全てが落ち着かない感覚に陥る。

「アントニオ、なぜお前の王太子という立場が確固たるものとなっていたのか分かっておらんとは、愚かなのもここまでくると言葉が出てこないものだな」

「父上! 何をおっしゃるのですか。おっしゃる通りに婚約破棄撤回の手紙を送りましたから、ティツィアーノも落ち着けば取り消しの書類にサインしに戻って来ますよ。あんな乱暴者に他に嫁の貰い手などないのですから」

愚かな王子の言葉に一瞬で怒りが沸点に達する。

こんなにも自分が感情的だと思ったことはなく、常に理性的に物事を処理してきたつもりだ。その感情は礼儀を忘れ、重厚なドアを押し開いた。

「お取り込み中失礼いたします。南海域の魔物大量発生について報告を申し上げたいのですが」

それでもなんとか取り繕って表情には出さずに入室する。

「あぁ、レグルス公爵。ご苦労、例の報告だな。……アントニオ、お前はもう少し頭を冷やして来い」

アントニオ王子を追い払うように退室を促した王は大きくため息をついた。

なぜ自分がこんなに叱責されているのか理解できていないアントニオ王子が、不満そうな顔で出ていこうとしたところを呼び止めた。

「殿下。サルヴィリオ家の御令嬢とのご婚約を解消されたのですか？」

そう言うと、そうなんだ、聞いてくれという顔で話し始めた。

「僕にはティツィアーノのような野蛮な女じゃなく、もっと可憐なマリエンヌという大事な人ができたんだ。でも父上はご立腹のようで、婚約解消の書類にまで署名したのに彼女と復縁しろというんだ！　そうしないと王位継承権まで取り上げると……。君なら僕の気持ちを分かってくれるだろう⁉」

婚約解消の書類にまで署名しているとは……。

不満を言う愚かな息子はさらに父王の怒りに油を注いでいることに気づいていない。

「黙れ！　アントニオ！　サルヴィリオ家を蔑ろにすることがどれほど王家にとって、国にとって問題となるのか分かっておらんではないか。サルヴィリオ家との血縁の繋がりが国の安定に直結するとなぜ分からん‼」

「――陛下。その繋がりは私ではダメでしょうか？」

激怒する王にそう進言すると、彼はぴたりと固まった。

「レオン……。其方がティツィアーノ嬢と結婚するということか？」

「はい。貴方の甥である私と、サルヴィリオ家の婚約なら国により安定をもたらすと思いますが」

「それはもちろんそうだが。……お前はそれで良いのか？　今までどんな令嬢とも……」

今まで勧められた縁談をここ数年頑なに断り続けてきたのだ。彼の反応も当然だろう。

「父上！　それは名案です！　レグルス公爵なら王家に連なる者ですから。僕も手を回しましょう。この縁談が上手く纏まったら僕の王位継承権を取り消さないで下さい！　レグルス公爵、少し待っていてくれ」

全く話を聞かず、勝手に話をまとめ始めたアントニオは、壁にめり込ませたくなるようなドヤ顔で出て行ったかと思うと、秒で戻って来た。

「これを渡しておこう‼」

そう言って一枚の紙を渡してきた。

「……これは？」

見たら分かるのだが、まさか……。

「婚約期間中集めたティツィアーノの身上書だ。僕の周りの人間が勝手に作っていたものだが、個人的なことを調べてあるから使うといい。まぁ、こんなものがなくても、貰い手の無いあの女ならすぐに落とせるさ」

　このクズ王子がティツィアーノ＝サルヴィリオをここまで貶める意味が理解できない。

　彼女と約十年婚約期間があり、その間の彼女の情報はたったの紙キレ一枚。

　しかも、家族構成や彼女の経歴など調べれば半日もかからないことばかり。

　趣味すら書かれていない。こんな扱いを受けていい女性ではない。こんな男に人生を踏み荒らされていい女性ではない。

「……ありがたく頂戴いたします……」

　そうアントニオ王子に伝えると彼は満足そうに出ていった。

　パタンとドアが閉まった瞬間、その報告書を掌の上で一瞬で消しクズにする。

「レオン!?　どうした!?」

　驚いた王が玉座の上から声をかけた。

「いえ…、なんの役にも立たない紙キレなど、ゴミ箱に捨てる時間すら惜しくて」

「……………なるほど？　そういうことか」

　突然理解したような顔をした王がまた大きくため息をついた。

「いつからティツィアーノ嬢のことを？」

「そんなことより、アントニオ王子はこの縁談がうまく行ったら王位継承権を取り戻せると思っているようですが、国を滅ぼすおつもりですか？」

「そんな約束はしておらん。あやつが勝手に言っておることよ。我が息子とは思いたくないほどの愚かさにもうフォローのしようもない」

彼なりに息子を大事に思っているだろう。だからこそサルヴィリオ家との縁談をまとめたに違いない。

「アントニオ殿下にサルヴィリオ家の後ろ盾がなくなったら、誰も支持しませんよ」

「分かっておる」

自分が知る限り三度目のため息をついた彼は「もうその話は良いから、南海域の魔物討伐の報告を」と、話を逸らした。

——焦がれて焦がれて……叶わないと思っていた。

もしかしたら彼女を私だけのものにできるかもしれない。

短い夢では終わらせない。一度見てしまった夢を、諦めることなどできない。

王に魔物討伐の報告をしながらも、心は彼女に囚われたままだった。

第4章　敵を知る

——半日前。

恋焦がれた彼女を自分のものにできると浮かれていた。

馬鹿な王子が婚約破棄をしてくれたおかげで、望むことすら許されなかった彼女から結婚を了承する手紙が届いた時は、これほど生きてきて良かったと思った事は無かった。

それなのに、陛下とアホ王子と新郎控え室にいると、ドアからノック音がし、式が始まるのかと浮かれて立ち上がったところに冷水を浴びせられた。

何が起きたか分からなかった。

「兄上……ティツィアーノ様が、出て行かれました……」

そう入り口で説明する真っ青なウォルアンの後ろで、更に青くなったリリアンがいた。

慌てて彼女のいた新婦の控え室に向かうと、本当にもぬけの殻だった。

彼女の着てきたであろう服はクローゼットにかけられたままで、鏡台のメイク道具も置きっぱなしだった。

「なぜ……？」

頭が機能を停止し、なぜ彼女が出ていったのか答えを弾き出せなかった。

「お、お兄様……。私がいけないの。お兄様を取られると思って『貴方はお兄様の一番じゃない』って。……私の事もお兄様は大切にしているって言いたかったの」

普段気の強いリリアンが泣く事などほとんど見た事がない。

自分の発言がもたらした事実にショックを隠せず真っ青になって泣いている。

「……それで、彼女は何て言って、出て行ったんだ……？」

「『愛する方とお幸せになって下さい。私も、愛する人の為に人生を歩みます』と。それから、『お互い幸せになりましょう』とも……」

そうウォルアンの言った言葉に思わず拳を壁に叩きつけた。

隣の部屋が丸見えになる程に壁は崩れたが、気にもしていられなかった。

「『私も愛する人の為に』？　『お互い幸せに』？　つまり、彼女は他の愛する男の下へ行ったという事か……」

自分に恋人がいると勘違いされただけなら、まだ取り返しがつくものの、彼女には既に心から愛している相手がいたという事だ。

頭に血が上る中、隣で不愉快極まりない声が聞こえた。

「まさか、あの野ザル、まだ俺様の事を……？」

そう言ったクズ王子の胸ぐらを思わず摑み、近衛兵に投げつけた。

「さっさと城に帰して、頭の中を宮廷医に診させろ」

無礼じゃないかと喚き散らす王子の事は無視をして、すぐに退室させる。

あんなクズに彼女が惹かれるとは思わない。

それでも……自分が知ることのない二人の十年間に彼女の情はあのゴミが手に入れていたのだろうか。

いや、婚約破棄の件では、未練のかけらも感じないほどの扱いだったと聞いている。

むしろ、クズすぎて他の男に惹かれてもおかしくない。となると、彼女の想い人はサルヴィリオ家の騎士団の誰かだろうか。まだ、彼女を取り戻すことはできるだろうか。

後ろに控える副官のセルシオに指示を出す。

「今すぐ彼女を追いかけろ。私は翼馬で上から捜……。いや、体制を整えるため一旦屋敷に戻る！　……それから、彼女の言う『愛する人』を何がなんでも探せ」

「……ハッ」

短く返事をしたセルシオに翼馬の用意は任せ、彼女が出て行った開けっぱなしの窓を見た。

彼女を必ず取り戻すと心に決め、屋敷に急いだのだった。

――だが、その彼女がなぜここに⁉

「どういうことだ⁉ なぜ彼女が我が家のメイド服を着て屋敷にいるんだ‼」

アンノとリタと名乗った二人を下がらせた後、執務室に防音結界を張った上で叫んだ。

結婚式を取りやめると式場を去った彼女が公爵家の玄関ホールで……どうしてメイドの格好をして執事のアーレンドの後ろで頭を下げていたのか……。

長かった髪は短くなり、下ろされた前髪に理知的な額は隠されていた。

焦がれて、焦がれた彼女が手の届く距離にいる。

「どうもこうも、こちらが伺いたいものです。なぜ花嫁となられる方が、『奥様の侍女として来ました』と言って来られたのか……。何をやらかしたんですか？」

「え⁉ あの方ティツィアーノ様なんですか？ ご挨拶に伺った時はヴェールを被っていらしたし……。全然分かりませんでした」

ウォルアンが驚き、リリアンも目を丸くしている。

「お兄様……、あの……ごめんなさい」

目を真っ赤にして、泣き腫らした妹が震えながら言った。

「リリアン、もういいから」

そう慰めても妹は泣き止まない。

自分のせいでティツィアーノが結婚を止めて、出ていったと思っているのだから。

「何はともあれ、彼女の動向を探れ。警備も二倍に増やして彼女をここから出すな。……

彼女の部屋はティツィアーノが使う予定だった部屋に案内出来るよう準備をしておけ」

そうアーレンドに言うと、「怖っ！」とセルシオが小さく本音を溢す。

「黙れ。その方が警備もしやすいし、私の目が届きやすい」

そう言うと、「承知しました」と全員が部屋を出て行った後、ドアの外から「ティツィアーノ様も可哀想に」とセルシオが言った言葉を聞き逃さなかった。

なぜ、公爵様自ら侍女如きの私たちに屋敷の案内をしているのか……。

この広大な敷地には大きな池や森があり、小さな領地と言っても過言では無いだろう。

先程案内された客間で出されたお茶を飲んでいると、アーレンドさんが来て、『ティツィアーノ様が行方不明になられましたが、見つかり次第このお屋敷にお迎えする予定なので、このままお屋敷にいてください』と言われた。失踪理由も『リリアン様がティツィアーノ様に焼き餅を焼いて、誤解を招く事を言ってしまった』と説明されたが、新郎控え室の会話が聞こえていた私は『誤解』だなんて思っていない。

バレる前にお屋敷を出ようと思い、お嬢様を捜しに行きますと提言するも、公爵家と伯爵家が総力を挙げて捜しているので大丈夫だとやんわりと却下された。

そうしてなぜかティツィアーノ嬢が戻るまでに屋敷を把握しておいて欲しいと公爵様御自ら案内して下さっている……。

「この庭園は、ティツィアーノ嬢は気にいるかな？」

神の作りたもうた最高傑作は、目が潰れるほどの眩しさを放ちながら微笑みかけてくる。

「え……ええ。とても素敵な庭園です、お嬢様はお喜びになると思います」

あまりの眩しさに目がチカチカしながらも返事をした。

誰？　氷の公爵なんて言った人は……。

誰？　女性の扱いがぞんざいだなんて言った人間は。

侍女如きを親切丁寧にエスコートしてらっしゃいますが……。

変な噂はフラれた人の嫌がらせか、モテない男性陣の僻みか……。

そんな事を考えながら歩いていると、横でホッと吐息が漏れる音が聞こえた。

「……そうか。彼女は香りの強い花が苦手だと聞いていたけど、私にはあまり良く分からなくて、庭師と相談しながら選んだんだ。正直花なんて興味も無かったから、しばらく図鑑と睨めっこしていたよ」

「公爵様自ら植えるお花を選ばれたのですか？」

私ですら庭に植えている花なんてあまり気にしない。綺麗だなと思うけれど、知ってる花の名前なんてほとんど無い。

「私が選んだよ。彼女と庭を散策するときに花を知らないと会話にならないだろう？」

すんません。私では会話についていけないと思います。

そう心で彼にツッコミながらも、私の為に庭園を整えてくれたことに疑問を覚えた。

いくら結婚を円満に見せるためとは言え、シルヴィアは何も言わなかったのだろうか。

表向きは夫婦円満に見せかけて、彼女は日陰の存在として過ごすのだろうか？

彼の為に忍ぶ恋を選ぶのだろうか……。

結婚式から逃げ出したとはいえ、二人の間に割り込んだのは私だ……。いや、割り込まされたのか……。

「他に見ておきたいところはあるかな？」

ぼんやりと考え事をしていると、公爵様に聞かれた。

「アンノも、私も騎士団の訓練場を見てみたいです」

横を歩くリタが言った。

そう。私たちは『シルヴィア』が見たいのだ。

戦場で……いや、公私共に彼を支えるという、美貌の女性騎士を。

「あぁ。君たちは元々騎士団に所属していたティツィアーノ嬢の護衛侍女だったね。……確かに騎士団と連携を取る事もあるだろうから顔合わせも兼ねて紹介しておこう」

そう言って案内された訓練場は多くの騎士たちが訓練をしていた。

数名の女性騎士も訓練をしていたが、その中に黒髪の女性は居なかった。

「今騎士団の半数が南海域の魔物討伐に行っているし、非番の者もいるから、彼らには後日改めて紹介しよう」

そう言って訓練している騎士達に紹介してもらった。

果たしてシルヴィアは南海域か非番か……。チラリとリタとアイコンタクトを取ったところで目の前に剣を差し出された。

「……え？」

黒い鞘に入った剣を差し出したのは公爵様で……。

「手合わせをお願いしても？」

あまりの予想外の申し出に返事につまる。

「私如きが公爵様にお手合わせをして頂くのは……。魔力も弱いですし……」

魔力を『赤ランク』ではなく、『弱い』と表現した自分がみっともなく、何を隠す必要があるのかと自問自答してしまう。

「リタも言っていたが君は腕が立つと聞いている。サルヴィリオ家の騎士の実力を……私の花嫁の護衛にふさわしいかこの目で確認したい」

そう言われたら断ることも、サルヴィリオ家の騎士達の為に手を抜いて戦う事も出来ない。

黙って差し出された剣を手に取った。

「リタは、後程(のちほど)そこにいる副団長のセルシオと手合わせを願えるかな」

「畏(かしこ)まりました」

あっさり了承したリタは周りの騎士達と共に私と公爵様の邪魔(じゃま)にならないよう距離を取った。

「模擬(もぎ)剣だから遠慮(えんりょ)なく打ち込んでくれて構わない」

そう言って彼は剣を抜いた。

アントニオ王子と婚約破棄したとき、憧(あこが)れのレグルス公爵家の騎士団に入りたいと思った。

いつか彼と手合わせしたいと思った。

彼と結婚する事が決まった時、まさに今のこの瞬間(しゅんかん)を想像した。

身体強化と同時に剣に魔力を通す。

そうして震える手を誤魔化(ごまか)すように「参ります……」と呟(つぶや)き、一歩を踏(ふ)み出した。

「っ……。ハッ……。ハッ……」

浅い呼吸を繰り返しながら、上気した頰に、うっすらと汗をかく彼女が一心に私を見つめている。

……まぁ、その両手には模擬剣が握られているのだが……。

「見事だな。ウチの騎士団で君に勝てる人間もそうそういないんじゃないかな」

手合わせの終了の合図に自分の模擬剣を鞘に戻した。

「……いえ、そんな……」

呼吸を乱しながらも、目を見開き、謙遜する彼女だが、実際騎士団で互角に戦えるのはセルシオぐらいじゃないだろうか。

彼女の魔力は赤ランクと聞いていたが、そんなことは全く感じさせない程魔力操作が秀逸だった。

要所要所で剣に流す魔力も、身体強化に使う部分も。全くと言って無駄がない。

「魔力が高いに越したことはないかもしれないが、それを使う人間次第だ。高い魔力を持っていても使いこなせなければ意味が無いし、操作を誤って被害を招くことも多い」

特にウチのバカ王子がその典型だなと思いながら言った。

「君は魔力が弱いと言うが、戦場で私の背中を預けてもきっと何の不安も感じないだろうな。こんなに可愛らしいのに……あんなに強いなんて信じられないな」

そう言うと、彼女は目を見開き、一瞬固まったかと思うと「勿体無いお言葉です……」

と小さく言いながら顔を真っ赤にした。

その反応があまりに可愛くて、思わず一歩近づくと、彼女はびくりと一歩下がった。

なぜ下がる⁉

そう思ったところでポンとセルシオが肩を叩いた。

「閣下。アンノ殿はお疲れのようですので、私とリタの手合わせは後日にしてお部屋にご案内しましょう」

なぜか意味深長にセルシオがそう言うと、「あ、いえ。私は大丈夫です。むしろ拝見させて頂きたいです！」と彼女は先ほどの動揺が嘘のように目をキラキラとさせて言った。

……まさか……。彼女の目的は……セルシオ……？

「そうですか？　……あまりご無理は……」

「全く無理なんてしてません。セルシオ副団長殿の模擬戦が拝見できるなんて……‼」

そう言って今日イチの笑顔をセルシオに向ける彼女の背後から思わず自分の副官を睨みつける。

ギョッとした顔をするセルシオが私の意図を汲み取ったのか、左右に首を振り、『チガウチガウ』と全力で否定してくる。

「公爵様、予定通り模擬戦をしても問題ないですか？」

くるりと体を反転し、不安そうに上目遣いで聞いてくる彼女に一体誰が『否』と言えようか……。

「もちろんだ。ではリタ、『思う存分』やってくれ」

そう言って彼女に模擬剣を渡した。

模擬戦後、興奮冷めやらぬまま公爵様達と早めの夕食を取った。

公爵様と一緒など恐れ多いと進言するも、騎士団の皆で『懇親会』と言われれば何も反論など出来なかった。

その後、公爵様自ら案内された部屋は文句のつけようのない部屋だった。

私に割り当てられた部屋は『花嫁』が過ごしやすいよう実際部屋で過ごして整えてほしいと言われ、『ティツィアーノ』に用意された部屋に案内された。

「どうかな？　ティツィアーノ嬢は気に入ってくれるかな？」

入り口のドアにもたれかかりながら本来花嫁にと用意された部屋の中央に立つ私に公爵様が尋ねた。

――イケメンはドアにもたれかかるだけで色気がダダ漏れるものなのね……。

そんな事を思いながらも部屋の細部まで気を配られた家具やリネン、全てが上品で、落ち着く内装にため息が漏れそうになる。

奥に見える寝室から覗くベッドも遠目に見ただけで最高級の品質だと分かる。

自分の部屋より心地好さそう。

日当たりはいいし、大きな窓から見える公爵家の庭は先ほど案内された場所で、とても綺麗に花が咲き誇っている。

部屋の色も白とグリーンで優しい雰囲気を作り、置かれた家具もウォールナットの優しい色合いが空間を引き立てている。

「……はい。お嬢様はとても気に入られると思います」

そう答えると、隣にいたリタも「趣味ど真ん中ですね」と私にだけ聞こえるように呟いた。

「それは良かった。彼女が他に欲しそうな物があれば遠慮なく言ってくれ」

優しい目でこちらを見る公爵様に落ち着かない気持ちになり、慌てて目を逸らすと花瓶が視界に入った。

「スイートリリー？」

見覚えのありすぎる淡いピンクの花に思わず声が漏れる。

あの花は北部に位置するサルヴィリオ領の一部でしか咲かない花だ。

香りの強く無いそれは、サルヴィリオ家の屋敷の中でも沢山飾られている。

「あぁ。故郷の花でもあれば少しは彼女の癒しになるかと思ったんだ。生まれてからずっと過ごした土地を離れるのは寂しいかと思って」

「え？」

「以前、一度だけサルヴィリオ領を訪れた際にスイートリリーの花畑を見たんだ。街は活気に溢れて、自然も豊かで美しかった。あの、魔の森に面した領地とは思えないほど美しい土地だった」

「それは……本当にお喜びになるかと……」

彼の心遣いに涙が出そうになるのを必死に堪える。

なぜ、そんな物を用意したのか。

シルヴィアの存在を知らずにあのまま結婚式を挙げ、あの庭を、この部屋を見たならばどれだけ嬉しかっただろうか。

それでもいつかは『彼女』の存在を知り、傷つくことは分かっている。

それならばいっそ心を揺らさないでほしかった。

私のことなど気にしてくれなくてよかった。

優しくされればされる程、あなたの心は私のものじゃないことを思い出し傷つく。

「アンノ？」

黙った私を不思議に思ったのか、公爵様が優しく声をかける。

「あ、いえ。公爵様自らお部屋にご案内いただきありがとうございました。あとはリタと荷解きをしたいと思います」

そう言うと、公爵様は「ゆっくり荷解きをするといい」と言って部屋を出て行こうとしたところ、思い出したようにこちらを振り返った。

「ああ、それから奥の寝室に私の部屋に繋がるドアが……」

「「はい!?」」

思わずリタと私の声が重なると、彼はその声に驚いた表情を見せる。

「あ、いや。ドアがあるが、内側から鍵がかけられるから心配しなくていいと……」

「……あ、かしこまりました」

まさかの隣室にそれしか反応が出なかった。

恋人のいる公爵様の隣の部屋を用意されているとは思わなかったし、しかも続き部屋だなんて想像すらしなかった。

部屋を出て行った公爵様の足音が隣の部屋で止まり、ドアを開けて入っていく。

「お嬢様……大丈夫ですか？」

リタと部屋に二人きりになると、憐れんだ視線が突き刺さる。

「だ、大丈夫よ！　内鍵もあるんだし、大丈夫、大丈夫。大丈夫じゃない事なんて無くない？」

「いや、既に大丈夫連呼しすぎて壊れてますよ」

隣の部屋の物音がカタン、パタン。カチャカチャと、引き出しを開ける音や、物書きの音。クローゼットの衣擦れの音まで聞きたく無いのに、耳がそちらに集中してしまう。

「……大変ですね。聞こえるって」

恐らくリタには聞こえないであろうソレに、固まる私を見てリタが言った。

「……今日、部屋交換しない？」

「嫌です。お嬢様が面白いから割り当てられた部屋で寝ます」

薄情な侍女は真面目な顔をしながら、それでも楽しそうな瞳で主人の願いをすげなく断った。


その夜、ドア越しに聞こえるベッドの音や、寝返りを打つ音。シーツの衣擦れの音が耳から離れず寝付けない中、心を落ち着かせようと窓を開けた。

空は満天の星に、まんまるの月が浮かんでいる。

「今日は満月だったのね」

そう呟きながら景色を眺める。

さすが公爵家といったところで、目の前に広がる見事な庭園の奥に小さな森が見え、更に屋敷からずいぶん離れたところに今日行った騎士団の訓練場が見えた。そのさらに奥に厩舎があり、馬車置き場が併設されている。

すぐ横に広がる草原は馬たちを走らせるのに十分すぎるほどの広さがある。

「手合わせ……すごかったな」

公爵様との模擬戦を思い出し、思わずそう口に出した。

斬り込んでも、斬り込んでも彼は息ひとつ乱さず、汗すらかいていなかった。

こちらは不意に受ける彼の剣をいなすのに精一杯だったと言うのに。

それでも彼の綺麗な剣技を間近で見られて気分が高揚したのは間違いない。

模擬戦の事を思い出しながらぼんやり景色を眺めていると、厩舎の側で小さな影が二つ動いたのが見えた。

「あれは……リリアン様とウォルアン様？」

こんな夜更けに侍女も連れずに二人で何をしているのだろうか。

そう不思議に思っていると、彼らから少し離れたところに一人のメイドの姿を認めた。

その手には小さな銀の短剣を持っている。しかも抜き身の剣だ。

それが指し示すことはただ一つ。暗殺以外の何物でもない。

公爵家の警備兵に連絡している時間など無い。

部屋に用意された果物の横に置かれた果物ナイフを取ると同時に、リタの部屋側の壁を一定のリズムで叩き合図を送る。

ココンコン……『緊急事態』。そうしてリタのココン……という返事の合図を聞きながら二階の部屋から飛び降りた。

着地と同時に一拍遅れてリタも降りてくる。

「何事ですか？」

「リリアン様とウォルアン様が狙われてる。リタ、万が一の時は回復魔法を使えるように魔力を温存していて」

「承知しました」

私もリタも身体強化をして最速で厩舎を目指す。

「きゃあぁぁぁ!!」

もう少しで厩舎というところで耳を劈くようなリリアン様の悲鳴が聞こえたと同時に血の臭いがした。

厩舎の窓から見えたのはメイドと対峙するウォルアン様で、リリアン様を庇うように立っている。

「リタ！　このまま窓から突入！」

そう指示を出すと、二人で厩舎の中に飛び込んだ。

「なっ……!!」

今にも襲い掛かろうとしていたメイドの短剣を果物ナイフで防ぐも、ナイフは簡単に折れた。

口元を不快に歪めたメイドの足元を払い、彼女がバランスを崩したところで近くに落ちていた藁すきで彼女を後方の壁に叩きつけた。

「ぐっ……」

呻きながら彼女はこちらを睨みつける。

「お二人共、大丈夫ですか？」

そう言いながらリリアン様とウォルアン様に聞くが、血の臭いだけでなく覚えがある毒物の臭いにぞわりと足元から不安が駆け上がってくる。

「ウ……ウォルが……。私を庇って……」

真っ青になったリリアン様がウォルアン様の腹部を穴が開くほど見つめている。

その視線の先の白いシャツには血が滲んでいた。

「リタ、回復魔法をお願い。恐らくヒコの毒だから……止血だけでも」

「はい」

侍女に向き直りながら、近くにあった藁すきの先端を足で押さえつけ、そこだけを折った。

「そんな木の棒で、侍女如きが私とやろうっていうの？」

手に持った柄の部分を冷ややかに見ながら彼女が口元を歪めた。

公爵邸で暗殺を企む程だ。彼女の腕は相当だろう。

「これで突き飛ばされた人間の言うセリフじゃないわね」

そう言って彼女に柄の先端を向けた。

リタの回復魔法はあくまで傷に対するもので、病気や毒物に対してはなんの効果も無い。

早々に中和剤を彼に投与しなくては……。

メイドがこちらに向かってきた瞬間、目の前が白い何かに塞がれた。

「っ……!?」

その白い何かが公爵様のシャツだと気づいたのは一拍遅れてからだった。

全く気配を感じなかった。

「アンノ、怪我は？」

「あ、ありません」

バリトンの優しい声が耳を占領し、一瞬胸が大きく跳ねる。

「下がっていろ」

「はい……」

そう言って手に持った剣を振るうと、一撃でメイドを地に伏せさせた。

「やっと追いついた！　って……何が……」

そう言ってセルシオさんと数名の騎士が入り口から入ってくる。

「セルシオ、このメイドを捕縛して情報を聞き出せ」

そう彼に指示を出した公爵様を横目にウォルアン様に向き直した。

真っ青になり、浅い呼吸を繰り返すウォルアン様を不安そうにリリアン様が見つめている。

「公爵様、ウォルアン様はヒコの毒の塗られた短剣で刺されています。早急に処置をお願いします！」

「ヒコの毒……？」

ヒコの毒は一般に暗殺で使われるものでなく、逆に一般的な毒に使われる治療薬によって症状を悪化させる毒だ。初期の段階で処置を間違えれば手遅れになってしまう。

「公爵！　ヒコの毒なんかじゃないわよ。その女こそ治療法を撹乱しようと嘘を言ってるに決まってるわ」

騎士達に押さえ込まれたメイドがそう叫ぶが、公爵様は冷ややかにメイドを一瞥して連行させる。

「ヒコの毒の治療を行え。短剣も一緒に持っていって成分も同時に調べろ」

「ハッ」

何も言わず信じてくれた彼に驚きつつも、ずっと泣いているリリアン様に「お怪我はありませんか」と声をかけると、彼女は首を横に振って、小さく「大丈夫」と呟いた。

「リリアンとウォルアンはなぜ厩舎に？」

公爵様にそう尋ねられると彼女はびくりと肩を震わせた。

決して威圧的ではない言い方でも、状況が状況だけに彼女は俯いて言った。

「か……髪飾りを……捜しに」

「髪飾り？」

「……兄様に。お誕生日にもらったものだから。今日、帰りに乗った馬車に落ちてるんじゃないかって心配になって。……なくなったらどうしようって」

公爵様がチラリとセルシオさん達に視線をやると、彼らは頷いて奥の馬車小屋に入って行った。

「こちらですか？」

すぐに一人の騎士が、小さな真珠のあしらわれた鈴蘭の髪飾りを手に戻ってきた。

そう言って彼女に差し出すと、それを手に取り、小さく「ありがとう」と呟いた。

「見つかって良かったな」

公爵様がリリアン様の目線まで自分の目線を下げて彼女に言った。

彼はそんなものの為にとは言わない。

「ごめんなさい。ごめんなさい。私の我儘のせいでウォルに怪我を……。死んじゃっ……た……らどうしっ。嫌だ。ウォル……ウォル」

しゃくり上げながら泣く彼女の側に跪き、背中を撫でた。

「リリアン様。大丈夫です。ヒコの毒はすぐに対処すれば後遺症も残りません。処置を間違えなければ二、三日でウォルアン様はお元気になりますよ。髪飾りも、見つかって良かったですね。貴方に怪我が無くて、みんな安心しています」

安心させるように笑顔で言いながら彼女の顔を覗き込んだ。

目の前でウォルアン様が血を流すのを目の当たりするのはどんなに恐ろしかった事だろうか。

「今だけいっぱい泣いたら、後は笑顔でいて下さい。貴方が笑顔でいることがきっとウォルアン様の何よりの願いですよ」

そう言って彼女の涙を親指で優しく拭う。

まだ十歳の小さな少年が体を張って助けた妹だ。

二人ともどんなに怖かった事だろうかと考えただけで胸が締め付けられる。

「どんな敵が来ても私が貴方を……貴方とウォルアン様を守りますから」

そう言って強く抱きしめると、リリアン様は私の体を抱きしめ返した。

「お……お姉様……っ！」

……ん？

「……あぁ、また女の子たらしこんで……」

そうため息と共にリタが溢した一言を聞き逃せず、私にガッチリしがみつくリリアン様を落ち着かせようと声をかける。

「リリ……」

「アンノ、リタ。今回の件は本当にありがとう。それで、……厚かましいのは承知で頼(たの)みたいのだが、ティツィアーノ嬢が見つかるまででいいので、リリアンの護衛兼(けん)侍女として働いてくれないか？　もちろん手当は出す。最近リリアンの身辺に不安を覚えていたから護衛をつけなければと思っていたんだが、リリアンが無骨な騎士の護衛は嫌だというので、君たちが側にいてくれたら心強い。刺客(しかく)が先ほどのメイドだけとは限らないしな……」

そう心配そうにリリアン様を見つめながら言う彼に誰が『ノー』と言えるだろうか。

しかも狙われたのはまだ十歳の少女だ。

「畏まりました。リリアン様の御身(おんみ)に傷ひとつつけさせません」

そう言って頭を下げると、危(あや)うく心臓が止まりそうなほどの微笑みを浮かべて「ありがとう」と彼が言った。

「なので、君たちにも護衛の騎士を付けよう」

……なぜ私たち？

「それでは、普通(ふつう)の護衛をつけるのと変わらないのでは？　それに我々に護衛は……」

「君たちは伯爵家から預かった客人と言っても過言ではない。ティツィアーノ嬢が見つかった時、万が一にも君たちに何かあっては困るからね」

そう言って私の手を取り、手(て)の甲(こう)に羽のようなキスを落とす。そうして向けられた、後

光が差すほどの……有無を言わさぬ笑顔に、私たちの返事は「応」しか無かった。

「見たか？　あの見事な状況判断と実戦能力の高さを」

執務室で副官のセルシオと、執事のアーレンドにそう同意を求めると、誰からも返事が無かった。

「聞いているのか？」

そう言って彼らを見ると、生温かい目でこちらを見ているのに気が付いた。

「閣下、確かにお見事な戦いでしたが、それよりも彼女の視覚と嗅覚の方が信じられません。あの暗闇の中、離れた厩舎にお二人が見えたことも、ヒコの毒を言い当てたことも……。あのメイドが治療法を撹乱しようとしていると言った方が信じられます」

あの後、彼女達から聞いた話では厩舎に怪しい人影が見えたと言っていたが、常人にはあの距離の人影などまず見えないし、ヒコの毒と言い当てるなど出来ない。

二人が部屋を飛び出したのも、見張りを強化していたおかげですぐに反応出来たのだが……ティツィアーノが気付かなければ、間違いなく二人は既にこの世にいなかったかもしれない。

「……彼女がそんな事をして何の得になると言うんだ。サルヴィリオ家とレグルス家は国防を担う二本柱だ。どちらかが転けても国防のダメージは大きい。サルヴィリオ家に国家転覆の意思があるとも思わない」

高尚な彼女がリリアンのような子どもを狙うような愚劣なことは絶対にしない。絶対にだ。

「確かに仰る通りですね。それから、取り調べの結果あのメイドは隣国リトリアーノの間者で、ティツィアーノ様の迎え入れのため臨時で雇った使用人に紛れていたようです」

「完全にこちらの落ち度だな。…………ところで、その後のティツィアーノの両親の動きはどうだ？」

あの結婚式が執り行えなくなった時、当然の事ながら、彼女の家族も式場にいた。

ティツィアーノが去った時の話の経緯を聞くと、父親と彼女の弟は顔面蒼白、母親は顔を真っ赤にして怒髪天を衝くといった状況だった。

『必ず責任を持って彼女を見つける』そう約束するも、サルヴィリオ家も騎士を総動員して彼女を捜している。

「まだ、ティツィアーノ様がこちらにいらっしゃることは摑めていないようです。サルヴィリオ家ももちろん彼女を見つけたいという意志は強いようですが、騎士達の必死さが尋常ではないと密偵から報告を受けています」

「尋常じゃない？」

「はい、蟻の子一匹逃さない様子で、騎士達はもちろん、その家族、親戚に至るまでが捜索に加わっているそうです。それから式場にいた兵士から『公爵には他に思い人がいる』との話が全体に伝わったようで、騎士達個人がレグルス家に苦情の手紙を出そうとするのを、お父上と弟君が全力で阻止しているそうです」

「……それはまた……」

言葉が継げずにいると、「騎士達や領民に愛された御令嬢なんですね」というセルシオの言葉に同意する。

たかが、貴族の令嬢ではない。

命をかけて領地を、領民を、彼らの生活を守ろうとする彼女の姿は騎士達の心に響かないはずがない。

一兵士と扱う事はなく、駒でもなく、一人の人間として向き合う事は中々出来ることではない。

貴族に生まれただけで驕り高ぶる人間をどれだけ見てきたか。

だからこそ彼女に惹かれた。

あの、真っ直ぐな瞳に。その中にある意志の強い光に。

それを思うたびに自分も強くあろうと思える。

いつか彼女が王太子妃として、そして王妃として立った時、何者も彼女を傷つけることのないよう、彼女の矜持を守れる人間になりたかった。

「それから、彼女をレディ扱いするのは程々にしたほうがよろしいかと思いますよ。お気持ちは分かりますが、あからさまにそういう態度を出すと正体を知られていると気づかれ、逃げられる可能性もありますからね」

そうセルシオに言われ、思わず睨みつける。

「……我慢してる方だが……？」

「してません。ダダっ漏れです。あんなにとろけたような目で普段女性を見ない貴方が、彼女に向ける視線を見れば誰でも分かります。分かっていないのは屋敷に来て間もないティツィアーノ様と侍女のリタぐらいですよ」

「……仕方無いだろう？」

手を伸ばせば抱きしめられる距離にいるのに、それが出来ない。

本来ならずっと腕の中に閉じ込めておきたいのに。そうする権利があったはずなのに。

「逃げられてもいいなら結構ですよ」

さらっと涼しい顔でそう言われると、反論など出来ず、無言で肯定を示した。

数日彼女の様子を見ていたが、これと言ってなんの情報も得られなかった。

当初セルシオが目的かと思ったが、必要以上に彼に近づくわけでもなく、毎日のようにリリアンが彼女を公爵邸の森や湖の案内を口実に連れ回し、元気になったウォルアンも恩人の彼女に懐いている。

唯一報告を受けているのは騎士団の訓練を見たいと鍛錬の時間に合わせて足を運んでいることだ。

初めて会う騎士達に挨拶をし、他愛ない会話をし、個々の練習を熱心に見ているようだが、一人に固執することにも、騎士団の機密に関わることにも全く関心を示さない。セルシオが態と機密について触れ、罠を張ったそうだが全く無関心だったと聞く。彼女を疑うなど言語道断で、その事を知った日、セルシオの訓練は普段より数倍キツいものにした。

目的が屋敷の中にないのなら、どう動くのかとあえて彼女たちに休みを出した。

公爵家に来て数日、毎日訓練場に通うも未だに『シルヴィア』の情報は摑めていないが、今日は休みをもらったので、二つ目の目的である美容専門店『レアリゼ』を探す事にした。

「お嬢様、『レアリゼ』はあちらの通路の奥にあるそうです」

リタが街を歩いている女性に声をかけ、話を聞いて戻ってくると、大通りから横道に入る道を指差した。

「メイン通りから逸れたとこなのね」

「あまり大々的にやっていないそうで、完全予約制だそうです」

「王都にまで噂が広まるくらいだものね。それだけ人気なら予約制なのも当然ね。とりあえず行って話を聞きましょう」

そんな話をしながら横道に入る。

「お嬢様……」

「分かってる」

小さく声をかけてきたリタに返事をする。

誰かにつけられている。一定の距離を保ってついてくるそれは、ドレスや宝飾品の店舗を見るふりをしながら蛇行してもついてくる。

先日の公爵邸での刺客の件もあるから、屋敷から出てきた人間も見張られているのかもしれない。

そう思いながら横道に入ったところで、物陰に潜み追跡者を待つと、フードで顔を隠すようにしながらそれは案の定横道に入ってきた。

体格的に男性のようだが、物陰から出たリタが追跡者の前に立ち通路を塞ぎ声をかけた。

「私たちに何か用？」

ビクリと反応した彼が慌てて大通りに戻ろうと踵を返したところに私が立ち塞がり、足を払って上から押さえつけた。

「っ……」

「何か用かと聞いてるんだけど？」

そう言いながら彼の顔を隠していたフードを捲ると、そこには見覚えのある顔があった。

「貴方……公爵家の……」

彼はレグルス公爵家の騎士団で、毎日訓練しているのを見ている。

その時大通りからこちらに数人が走ってくる音が聞こえ、思わず身構える。

「お姉様！」

「リリアン様⁉」

大通りから現れた予想だにしない人物の登場に驚くと、彼女は申し訳なさそうに眉尻を下げた。

「その……お姉様たちとお出かけしたかったんですけど、せっかくのお休みだから私が邪魔しちゃいけないと思って。でもお姉様達も街は初めてだろうし、何かあったらいけないと思って跡をつけちゃいました……。ごめんなさい」

しょんぼりと言う彼女の後ろから更に予想だにしない公爵様とウォルアン様も気まずそうに顔を覗かせる。

「すまない……。護衛がいるとは言え、リリアンだけで外出させるのは心配で……」

そのなんとも言えない様子が可笑しくて思わず笑ってしまった。

「よければ皆さん、街を案内して頂けませんか？」

「まぁ、いいんですか？　是非ご一緒させて下さい！　因みにお姉様はどちらに行かれるご予定だったんですか？」

嬉しそうに目をキラキラさせてこちらを見上げるリリアン様は嬉しそうだ。

「『レアリゼ』というお店が人気と聞いたのでそちらに行こうかと思っていたのですが、男性陣は楽しめないかと。もし良ければ美味しいお店などご存じでしたら是非教えてください」

そう言った瞬間場の空気が変わった。

「え……？」

ガシッとリリアン様に手を握られ、目を見開いて穴が開くほど私を見つめている。

「ぜ、是非『レアリゼ』に来て下さい！　お姉様が私のお店を知って下さっていたなんて！」

プルプルと震えながら顔を真っ赤にして言った彼女の一言に疑問符が浮かぶ。

「自分の……お店？」

「はい、最初はお友達に趣味で色々ファッションや美容のアドバイスをしていたんですけど、いつの間にかお店を開いちゃいました」

まさかの十歳児のリリアン様が王都で有名になるほどのお店の経営者だなんて……。

確かに今まで会った事のある御令嬢達に比べ一際キラキラしていると思ったけれど……。

「さぁ！　行きましょう！」

思わず固まる私の手を引っ張りながら上機嫌で彼女は自分のお店に足を進めた。

休みを与えたところで彼女がどこに向かうのかと跡をつけさせようとしたところ、都合よくリリアンが彼女の様子を『見守る』と言ったのはラッキーだった。

見守ると言ってもいい大人で、武に長けた二人にそんな心配は無いが、リリアンは知らない街で迷子になるんじゃないかと子どもらしい心配をしていた。

跡をつけていても言い訳ができるようリリアンを連れてきたのは正解だった。流石と言うべきか、早々に監視がバレてしまったのだから。

リリアンの店に連れ込まれる彼女達に「ティツィアーノ嬢の好みのドレスも見立てて欲しい」と言ったところリタは快く返事をしたが、ティツィアーノは黙って頭を下げるだけだった。

きっと、公爵邸に残るつもりは無いんだろう。

しかし、そうはいかない。絶対にここから出すつもりはない。

そう思いながらも心に黒い澱が溜まっていくのが分かる。

一体『彼女の愛する人間』とは誰なのか。

その男にだけ、彼女に触れる権利があるのか。あのあどけない瞳に映される資格を得た男が、彼女の柔らかな頬に手を添え……あの唇に……。

「最悪だ！」

そのシーンが頭に浮かんだ瞬間、叩きつけた拳と共にバキッという破壊音がし、目の前の机が半分に割れていた。

ハッと顔を上げると、目の前にはリリアンに薦められたドレスを着て、フィッティングルームから丁度出てきたティツィアーノが立っていた。

先ほどまで着ていた外出用の綿のドレスでは無く、シルクの夜会用のドレスで、彼女の雰囲気に合った澄んだ水色に、すらっとした体形を引き立たせるシンプルなマーメイドラインの作りになっていた。形はシンプルだが、ハイネックになっている部分は繊細なレースで真珠があしらわれている。

最近のドレスは胸元が大きく開いたデザインになっているが、透けたレースに隠されたデコルテが想像を掻き立てる。

あまりの美しさに固まっていると……。

「……ですよね」

目の前の青くなった彼女がそう呟いたが、一瞬何を言っているのか分からなかった。

「お兄様……最低……。お姉様がティツィアーノ様とほぼ同じ体形だからとせっかく着て頂いたのに」

そう言ってリリアンが絶対零度の視線を投げつけてきた。

周りの視線もそれと同じくらい……いや、リタに至っては射殺さんばかりの殺気だった。

「はっ、い、いや、最悪なのはドレス姿ではなく。ちょっと仕事の事を考えて……」

思わずしどろもどろになってしまう。

「男の人ってすぐ言い訳に仕事仕事って。お姉様、女性だけで楽しみましょう」

リリアンがそう言って、ティツィアーノの手を引っ張りながら女性陣と共に別室に入って行った。

「――何してるんですか」

セルシオが左斜め後ろから言った。

「うるさい。……先ほどのドレスと、色違いで白も注文しておけ」

「了承しました。……フォローに行かないんですか？」

「今行ったら、リタから主人を傷つけたと暗器が飛んでくるだろうよ」

「あぁ、彼女結構仕込んでますよね」

「……どうしたら良いと思う？」

「女性をぞんざいに扱ってきたツケをここにきて払わされていますね」

自分でなんとかしろと言いたいのは分かる。

普通の令嬢ならフォローする気もないが、……ティツィアーノを傷つけた。

他の誰でもない私が傷つけた。彼女に好きだと、愛してると伝えられたらこんなことで悩まないのに。引き寄せて、抱きしめて、綺麗だと伝えたい。でも、そんな事をしたら彼女はすぐにここから逃げて行ってしまうだろう。

そんなもどかしさに胸がざわつき、思い通りに出来ない心が軋み、更に思考は悪い方へ誘われる。

「もういっそのこと、屋敷の奥にずっと閉じ込めておきたい……」

天井を仰ぎ、ため息と共にそう溢した。

――『最悪だ』

別室で私服に着替えリリアン様にメイクをしてもらいながらも、さっきの言葉が頭から離れなかった。

やっぱり結婚式を挙げなくてよかった。

リリアン様の見立てで色々とドレスを持ってきてくれたが、服に負けるんじゃないかと思いながら試着したドレスは思いのほか似合っていた。……と思った自分が恥ずかしい。

もう、……それはもう、ものすごく恥ずかしい。

あの結婚式の日も飾り立てた自分が惨めだったのをこの数日で忘れていた。

彼には綺麗で、洗練された恋人がいるのに、辺境から出て来た田舎者が彼の目にどう映るかなんて分かりきっていたのに。

「……ンノ？　アンノ？」

リタが心配そうに顔を覗き込んでいた。

思わずハッとして、顔を上げると、リリアン様も私に化粧をしながらも、眉尻を下げて心配そうな顔をしている。

「あ……、ごめんなさい。どれも素敵なドレスで見惚れてしまって……」

そう言うと、リリアン様はほっとしたように、笑顔で「お姉様に似合いそうな小物も持ってきますね。お兄様はお金に糸目はつけないって言ってましたし」とスタッフやメイドの女性達と部屋を出ていった。

「リタ、私こんなに薦められてもどうしたらいいか分からないわ。リリアン様にも悪いし……」

そうだ、ここに残るつもりも、結婚するつもりもないのに公爵家に無駄なお金を使わせる訳にはいかない。

公爵家にはドレスを数着購入したところでなんの痛手にもならないかもしれないけど、私が辛い。

買ったドレスは誰も着ないまま処分される。

誰か着てくれるならまだ良いけれど、処分されるドレスはまるで私の心が処分されるようで……。

「何言ってるんですか。目的のお店に予約無しで来られたんですよ。綺麗になってお嬢様をぞんざいに扱ってきた男達に一泡吹かせてやるんでしょう？　しかも先日の刺客からリリアン様を守ったお礼にここの支払いは全て公爵家持ちですからね。この際利用できるものは利用しましょう。どうせ普段着が騎士服のお嬢様一人ではこういった事はどうしたら良いかも分からないんですから」

ざっくりと図星を指され、容赦なく傷口に塩を塗り込んでくるリタに反論できるわけもなく、「そ……そうね。そのためにここに来たんだものね」と項垂れるのが精一杯だった。

「お姉様。こういうタイプはいかがですか？」

今更ながらお姉様呼びはデフォルトなのねー。と思いながら振り向いた先には、二、三着のドレスと靴や小物を抱えたメイドと戻ってきたリリアン様がいた。

「わぁ。どれも素敵なデザインですね」

そうだ、目的は自分を変えること。なりたい自分になるためにここに来たのだ。

「そうなんです。可愛くて迷っちゃって……。是非お姉様のお好みを教えて下さい」

「好みというか、私は……」

そもそも、まだ『シルヴィア』に会っていない。でも、私も……シルヴィアのような女性に……。

「た……ため息の出るような魅惑的な体つきに、女王の風格を持ち、そこにいるだけで他を圧倒するような女性になりたいです!!」

思わずそう言ってしまうと、沈黙が広がる。

あぁ……。目線が痛い！

以前陛下が言っていた『シルヴィア』をそのまま言うと、リタからは憐れみを込めた視線を向けられる。そしてリリアン様はキョトンとした視線から一転、コロコロと笑い始めた。

「嫌ですわ、お姉様ったら！　鍛えられて均整の取れた体つきはこれ以上無い程蠱惑的。更にそこにいらっしゃるだけで誰もが平伏す程の存在感。それに――」

つらつらと何の補正が掛かっているのか分からない程褒め称え始めたリリアン様に、なんと反応していいか混乱していたその時、店の外から悲鳴が上がった。

「きゃぁぁぁぁぁぁああ！　魔物よ!!」

「わぁぁぁ！　こっちにくるぞ!!」

「逃げろ！」

外から聞こえる悲鳴は一人分だけではない。その中に紛れて獣の威嚇の声も聞こえる。

「そんなはずないわ！　レグルス領に魔物なんてほとんど出ないのに……」

声の先を見つめ、ポツリとリリアン様が呟いた。

それもそうだろう。

魔物は国境沿いの魔の森にほとんどが生息していて、サルヴィリオ領か、モンテーノ領、南であれば海域沿いで退治されるのがほとんどだ。

稀にそれらの領を越えて出てくるのは飛行タイプの魔物で、それでもほとんどが王都に着く前に討伐されている。

しかもこの獣臭は、高い魔力を持つサーベルタイガーだ。あり得ない。

「リリアン様たちは建物から出ないでください！」

そう出口に向かって走りながら、リタと共に店の外に出た。

護衛として剣を帯刀することを公爵様に許されているので、腿に隠してある短剣を構え、勢いよくドアを開けた。

その瞬間、視界に飛び込んできたのは氷漬けにされたサーベルタイガーと、その前に立っている公爵様だった。

彼の三倍はあるであろうそれは、完全に息絶えており、周りの市民も驚いたように硬直し、一心に彼を見つめている。

「第一部隊は、サーベルタイガーを運べ。第二部隊は怪我人の手当てをしろ」

彼がそう指示を出すと、固まっていた騎士達も、ハッと自分の立場を思い出したのか、敬礼をして作業を始めた。

それと同時に市民から公爵様への歓声が上がった。

その様子にあっけに取られていると、右後方から微かに、声が聞こえた。

「ッチ。失敗か」

振り向くと、こっそりと裏路地に入っていく男が見えた。

「リタ！　リリアン様の護衛に戻ってて」

そう伝えて、男の消えた裏路地に向かって走り出した。

その走り出した方向は、先程の魔物の臭いが濃くなっていく。

『失敗』？　まさか誰かがここに魔物を放った？　でもあんな魔物を手懐けるなんて簡単ではないし、強力な魔物から取れる魔石は高価だ。それを易々と諦めてまで何をしたかったのだろうか？

男の消えて行った裏路地に着いた時には人影は無かったが、そこに残る魔物の臭いに眉を顰める。

その時、ふと慣れたにおいと気配がした。

「お～嬢～。見～つ～け～た～」

背後から聞こえた今にも呪わんと言いたそうなその声の主は、振り向くと頬を引き攣らせていた。

「あ……あぁ。テト……」

明らかに不機嫌な彼の様子に思わず一歩引いてしまう。

「あんた、何してんすか？　結婚式もあんな形でほっぽらかして！　レグルス公爵領まで捜しに来て正解でした」

今にも食べられそうな勢いで言われ、思わずたじろぐ。

「俺がどんだけ伯爵家のみんなに怒られたか!! 側仕えのくせに何をしてんだと騎士団の連中まで俺をフルボッコですよ！ 俺は男で控え室に入れなかったから、指示された場所でみんなと待機してたのに!! アホ王子まで毎日伯爵家に来てまだ見つからないのかって大騒ぎしてくんすよ！ 俺の王位継承権がとか言ってますけど、知らんつーの！ そもそも怒られるならリタ……！」

「ごめん。その話、後でいい？」

長いクレームになりそうだと思いながら話をぶった斬った。

「……は～い～？」

怒りの苦情を止められ、さらなる怒りに震えるテトは行き場のない手を戦慄かせる。

「さっきの魔物騒ぎ、見た？」

そう言うと、一瞬でテトは真顔になった。

「もちろんです。騒ぎがあったからそこに行ったんです。その魔獣のいる真ん前の店から出てきたお嬢を見つけて追いかけてきたんすから」

「そのサーベルタイガーの臭いのする男がこの裏路地に入って行ったの」

「こんなところに魔物が出ること自体不自然っすから、怪しさ満載ですね」

「ええ。とりあえず臭いを辿るから……」

「了解」

そう返事したテトと私は気配を消した。それと同時に、

「……お嬢、化粧してます？」

「……今それ必要？」

あまりの緊張感のなさに思わずイラッとする。

「いや、あまりの怒りでわかんなかったんすけど、珍しいなと気になって」

「黙ってて」

「……サーセン」

分からなかったということは、化粧をしてもしなくても一緒だということだろう。その言葉に余計イラッとする。

裏路地に入り、一歩一歩進むたびに、魔物の臭いも濃くなる。

できれば一人で対峙したくない厄介な魔物の臭いだ。

じっとりと、暑さから来るのではない汗をかいているのが分かる。

「……お嬢？」

私の緊張を感じ取ったのか、テトが心配そうに声を掛けてきた。

「この臭いは……恐らく、フェンリルがいると思う」

「……それは。……帰りません？」

思わずテトの足の脛を蹴り上げる。

「だっ……。冗談じゃなくて！　騎士団連れてこないと何も出来ずやられるのがオチっすよ。フェンリルって、普通の騎士団、一個隊でも手に余りますよ」

分かっている。でも、もう少し情報を集めないと、どう動けばいいのか判断が出来ない。

「とりあえずリタに連絡を取ってきて。場所と、現状。公爵家のリリアン様の護衛兼侍女をしているからすぐ分かるわ」

「……あんたら、マジで何してんすか」

死んだような目で私を見るテトに、いいから行け。と目で言うと、「後でちゃんと聞きますからね」と言って大通りに向かって行った。

もう少し、臭いを辿ろうと足を踏み出した瞬間、ポンと肩を叩かれた。

気配を全く感じなかった上に、足音も、においもしなかった。

あまりに驚いて、飛び退き、スカートの下の短剣を抜き、構えた。

「失礼。アンノ殿。驚かせましたか？」

冷気を纏ったような、少し怒りを含んだ声でそう言った男性は、何となく見覚えがあるような人物だった。

「え……ええと。貴方は」

今彼はティツィアーノではなくアンノと呼んだ。つまりここに来てから私を知った人間だ。

「私は、レグルス公爵家の騎士団の者で、公爵様の指示でこちらに来ました。諜報員ですので、騎士服は着ておりません」

そう言った彼は、レグルス騎士団の紋の入ったブローチを提示した。

茶色い髪に、青色の瞳。どこにでもいそうな顔立ちをしているが、どこかで会ったことがあるような彼は、右手に銀の指輪をしており、服装は一般市民に見える服を着ている。

静かな怒りを湛えた瞳は、逃げることを、目を逸らすことを許さない強さがあった。

その視線は全身の落ち着きを失わせるような、全身の血が騒ぐような感覚を引き起こさせた。

「……先程一緒にいた男は誰ですか……？」

彼の視線で固まっていた私は一瞬誰のことか分からなかった。

「男……？」

ハッとして、疑われているのだと気づく。それもそうだ。魔物騒ぎが起きてすぐその場を離れたのだから、疑われてもしようがない。

「彼はサルヴィリオ伯爵家の騎士団員で一緒にティツィアーノ様に仕えていたものです。お嬢様を捜しにレグルス公爵領まで来たそうで、私を見つけて声を掛けられたんです」

私をじっと見つめる瞳は本当かどうか考えているようだが、信じきれていないのが分かる。

「……それで、彼はどこに？」

落ち着かない！

じっと見つめられたその目に、何かがザワザワと心の中を動き回っているようで、この感覚が何なのか覚えがあるような無いような、そんなもどかしさがさらにざわつきを強める。

「彼の双子の妹のリタに先程の魔物に関係ありそうな不審者の情報を伝えにいくように頼みましたので、リリアン様や公爵様のところにいると思います」

「そうですか……」

難しい顔をして彼は私の言葉の信憑性を見極めているのだろうが、今そこに時間をかけている暇はない。

「あの、先程の魔物に関係ありそうな男がおそらくこの先にいると思うのですが、行ってもいいですか？」

強い魔物を連れて行動するのは難しいかもしれないが、早くしないと逃げられてしまう。

「分かりました、私も同行しましょう」

そう言って彼は私の後ろをついて来た。

恐らく彼は信用していい。

あの時、もし私を殺そうと思ったら簡単に殺せていたはずだ。

その時、足音が聞こえ、慌てて彼を手で制す。

「誰か来ます」

小さくそう彼に告げると、彼は私の腹部を支え、体を後ろの壁に引っ張った。

その瞬間隠蔽魔法の壁が目の前に張られる。

つまり外部から存在を見えなくする魔法だ。

その隠蔽魔法は、薄く、薄く……まるでシャボンの膜のような薄さだった。

――信じられない。

隠蔽魔法はいわゆる結界魔法であり、高等魔法でもあるが、それなりに魔法が使えるものであれば魔力の歪みを感じ、察知される上に、結界の壁が厚ければ厚いほど感知されやすく、薄ければ薄いほど良い。

けれど、より強大な魔力と、繊細な魔力操作が求められる。彼は間違いなく金ランクの魔力の持ち主だ。

「――サルヴィリオの――」

目の前の隠蔽魔法に持って行かれていた意識が、その単語が聞こえた瞬間、全てそちらに引き戻される。

「今回は失敗しましたが、サルヴィリオ家の痕跡は残しています。フェンリルも、折り合いを見て放ちます」

恐らく先程裏路地に入って行った男であろう人物が、長髪の一つ結びの男にそう言った。

サルヴィリオ家の痕跡？

「フン」と鼻で小馬鹿にしたように笑った長髪の男は口元を歪めて言った。

「『奴ら』に渡されたサルヴィリオ家が魔物討伐に使う際の特別仕様の縄を魔物につけたままであれば、まずそちらに疑惑の目が向けられるからな。レグルス家とサルヴィリオ家。この国の二本の守りの要が仲違いしてくれれば、この国も落としやすい」

その言葉に目を見開く。

「そういえば公爵家に入れたメイドはどうでした？」

「連絡がねえからメイドは失敗したんだろうよ。レオン＝レグルスは無理でも、公爵家の誰か一人でも死ねば混乱を生めると思ったんだがな。とりあえずまた来週の夜、『陽炎亭』で指示するってよ」

「じゃぁ、それまで遊んでおきますか」

彼らはそう言いながら笑って来た方と反対側の奥の建物の中に入って行った。

吐き気を覚えるような話の内容に思わず飛び出したくなったが、恐らく彼らはほんの下っ端だ。

彼らから得られる情報は恐らくあまりない。トカゲの尻尾を切られるように、彼らも何かあれば切り捨てられるだろう。

今彼らに何かあれば逆に大物を逃すかもしれない。

「アンノ殿。戻りましょう」

今の今まで彼に密着していた事に気づき、慌てて離れる。

「すごいですね……。隠蔽魔法」

消えた結界魔法に思わず称賛がこぼれた。

「ありがとうございます。貴方に褒めてもらえるなんて。練習した甲斐がありました」

「え？」

まるで昔会った事があるかのような口ぶりだ。

「あ、いえ。リリアン様の護衛に抜擢されるような方に褒めていただけるなんてという意味です」

彼も自分の言葉に不自然さを感じたのだろう。

とってつけたような言葉だ。

――どこかで？

その時、自分の中で持て余していた引っ掛かりが、突然はずれ、はっと息を呑んだ。

「貴方。私の初陣の時にいた……」

初めて私に騎士の忠誠をくれた、その人だ。

あの後、騎士団に彼の姿を探そうにもはっきりと顔も思い出せず、なんて不義理な人間だと自分を責めたのを覚えている。

「え？」

今度は彼が驚いた番だった。

「私のことを……覚えていらっしゃるんですか？」

「もちろんよ。あの後サルヴィリオ家の騎士団を辞めてレグルス公爵家に来たのね……。いえ。むしろ初めからレグルス公爵家の騎士の方だったのかしら」

こんなにも魔力も、魔術も一級品なのだ。うちの一兵卒なわけが無い。

「……そうですね。実はレグルス公爵様から新しいサルヴィリオ家の騎士団長がどんな人物なのか……、その……」

「国境を守る騎士団長として問題がないか見てこいってことね」

彼が言葉を濁したのでその後を引き取った。

なんとも言えない顔をした彼がおかしくて、思わず笑ってしまった。

「それで、私は及第点は貰えたのかしら」

「え、はい。それはもう。安心してお任せできると……！」

自信満々の笑顔でそう言う彼の言葉に思わず目を見開いてしまう。

あぁ。少しは公爵様に認めて貰えていたのだろうか。

「アンノ殿？」

固まった私に彼が心配そうに声をかけた。

その時はっとして彼を見る。

彼は私がティツィアーノだと知っている。アンノではなくティツィアーノだと。

思わず足が一歩後ろに下がると、彼がはっとしたように手を伸ばして腕を掴んだ。

「誰にも言いません。貴方の事を！」

掴まれた腕は振り払えない強さではない。

「何か目的があったのでしょう？　理由を無理に聞こうとは思いません。貴方の思うようにしてください」

彼の声は本当にそう思っているように聞こえる。

「私が公爵家に何かするとは思わないの？」

「思いませんよ。もし何かしようと思うなら毒物を持ち込んだメイドのことも放っておいたでしょう。私は貴方を信じています。……忠誠を誓ったあの日から」

そう言って向けられた目はどこまでも優しく、私の心を落ち着かせるものだった。

「……あれから何年も会っていないけど、……」

他に忠誠を誓える人がいなかったのかと聞くのはとても傲慢な気がする。

忠誠を誓ってくれた人を軽く扱っているようで、その先を続けられなかった。

「ティツィアーノ様。私は貴方に忠誠を誓ったにもかかわらず貴方の前から姿を消しました。信じていただけないかも知れませんが、あの時の思いは色褪せる事なく、私の心にあります。貴方の存在が自分をもっと強く、……貴方に追いつけるよう、研鑽する原動力となっているのです」

『自分を高めるための存在』その言葉に胸元にあるタッセルを入れた袋を握りしめる。

「研鑽する原動力……私にもそう思える方がいるので、わかります」

「……それは……？」

握りしめた私の手元を見つめた彼が言った。

「『太陽のタッセル』……です」

そう言った瞬間彼から発せられる雰囲気が一気に変わった。

忠誠を誓った対象が流行りに乗って『太陽のタッセル』を持っているなど、浮ついていると思ったのだろうか。

「これは私が八つの時に作ったもので……」

そう言って袋から取り出そうとして――……止めた。

「え⁉」

「え？」

思わぬ彼の反応に驚く。

「いや、今見せてくれる雰囲気でしたよね⁉」

「え、あ～……。刺繍が苦手なのでお見せするほどのものでは……」

ははは……と乾いた笑いが溢れるが、このタッセルはレグルス公爵家の刺繍がしてあり、一目で公爵様を想って作ったタッセルだと分かる。

それをレグルス騎士団の諜報員にバレるのはなんとも恥ずかしい。

それに、当時刺繍した際に、家紋の獅子を一目見たテトが、『ギリ四本足の何かです』と笑っていたのが深いトラウマになっていて、ただただ恥ずかしいの一言に尽きる。

「貴方の刺繍ならどんなものでも見たいです」

そういう彼の圧は半端なく重く、……怖い。

いや、そんなカツアゲしている雰囲気で言われても。

今にも、『オラオラ、出せよ。持ってんだろ？』って声が聞こえそうだ。

「そんな事より、早く戻って公爵様に報告しましょう！」

「いえ、そのタッセルは『そんな事』ではありませんよ」

「些事です！」

「大事です！」

えええええ――⁉　どうでも良くない？

さっき『理由を無理に聞こうとは思いません』って言った人とは思えないくらい、圧が重いんですけど！　まさかのタッセル蒐集家とか⁉

ジリジリと間合いを詰めてくる彼に困惑が止まらない。明らかに私よりも強いし、簡単に逃げられると思えない。

「アンノ！」

「お姉様！」

その時後方から天の助けが来た。

振り向いた先に……あぁ、二人が天使に見える。いや、本当に二人とも普段から美少女なんだけど、今は後光が差している。

「リリアン様！　リタ！」

これでタッセル問題から解放されると思い、彼の方を振り向いた。

——けれど、目の前に彼の姿は無かった。

「アンノ、一人で無茶をしてはダメじゃないですか！　テトから聞いて慌てましたよ！」

「そうですわ、お姉様。私もお店の外に出たら怪しい人物を一人で追いかけたと聞いて、とても心配しました！」

リリアン様は真っ青な顔をして、本当に心配してくれたんだと心が温かくなった。

「申し訳ありません。あのような事に関わる人間を放置などできなくて……。ご心配おかけしました」

そうリリアン様に謝り、リタの方を向いた。

「……で、リタ？　どうしてこんなところにリリアン様を連れてきたの？」

不審者を追いかけてきた先に、守るべき彼女を連れてくるってどういうこと？

普段のリタらしくない状況判断に、眉を顰めて聞いた。

「リリアン様は実質アンノの側にいる方が安全だと判断しましたから」

――その方がお嬢様は無茶をしないでしょう？

そんな声が聞こえ、はぁ、とため息をつくしかなかった。

「とりあえず公爵様の下に報告しに戻りましょう」

「それが、……アンノが不審者を追った後、公爵様は公爵邸に戻って調査をすると言って後の事をセルシオ副官に任せて戻られたので、……我々も戻りましょう」

なぜだかリタが考え込むように言った。何か思うところがあるようだ。

「そう……では帰ってからね」

そう二人を促しながら、先程彼が消えた裏路地を振り返った。

――レグルス騎士団なら、またすぐ会えるかな……。

やはり、彼女には思い人がいた……。

あのタッセルを握りしめて、少し頬を染めたのを見れば一目瞭然だ。

騎士という事までは絞れた。

八歳の時に作ったという事は恐らくサルヴィリオ騎士団の誰かだとは思うが、可能性が高いのはサルヴィリオ騎士団副団長だ。

ならば、ここには何をしに来たのか。彼女の言う『愛する人の為』とは……。

今現状でリリアンや使用人達から得られる情報はない。彼女の目的は直接聞くのが一番だ。

ふと部屋の鏡を見ると、そこには見慣れない茶髪に平凡な青色の目の男が見返している。

この姿なら彼女は警戒を解いて話をしてくれるだろうか……。

その時執務室のノック音がした。

マジックアイテムの銀の指輪を外して、机の引き出しに収める。

「どうぞ」

そう促せば、アンノとリタ……そして、先程彼女と一緒にいたリタに似た男もいた。その後ろから執事とセルシオも一緒に入ってくる。

「公爵様、先ほどの魔物の件でお伺いしたのですが……」

「ああ、それならアンノと一緒にいたウチの課報員から話は聞いている。……アンノ」

「はい」

「先ほどの課報員と一緒に情報収集をしてもらえるかな？」

「私がですか？」

彼女が協力しないはずがない。

「彼から、あの男達は我が公爵領を撹乱し、この国に付け入る隙を狙っていると聞いた。そしてそれをサルヴィリオ伯爵家の仕業に見せかけ、公爵家と伯爵家の関係に亀裂を入れることと聞いたが」

「はい、そうです」

「であれば、サルヴィリオ領から来ている君たちに疑いの目を向けられるのを、黙って見ているかい？」

「いえ、調査に加えていただけるなら喜んでそうさせていただきます」

誇り高い彼女は自ら潔白を証明するだろう。

「ところで、……差し支えなければ先ほどの彼の名前をお伺いしてもよろしいですか？」

課報員ということで、名前を聞くのを躊躇っているのだろう。

「彼の名前は……レイだ」

「レイ……」

そう呟いた彼女の表情が緩み、その瞳の柔らかな色に思わず自分に嫉妬しそうになる。

「公爵閣下。僕も情報収集に交ざっていいですか？」

彼女の横に控えていたリタと顔立ちのよく似た少年が尋ねた。

「君は？」

「申し遅れました。サルヴィリオ騎士団、ティツィアーノ団長補佐のテト＝クアトロです」

そう彼が言った言葉にティツィアーノがほんの僅か……よく見てないと気づかない程度にピクリと反応した。

彼女は結婚式の前日に退団式を済ませているはずだ。

後任が決まるまで、サリエ＝サルヴィリオが兼任すると聞いている。

――団長補佐ね……。

何が言いたいのか。結婚していない以上彼女はサルヴィリオ家のものだと言いたいのか……。挑発に乗るつもりはないし、余計なことを言わすつもりもない。

「では、テトとやら。君にはサルヴィリオ伯爵への連絡係として動いてもらおう。団長補佐になるくらいだから伯爵家からの信頼も厚いだろう。早期解決の為、伯爵領内でも不穏な動きがないか、あちらからも情報を共有してほしい」

「……了承しました」

ティツィアーノと一緒の情報収集ではない役割が不満だったのだろうか、少し不服そうな顔をしたが、「では、早速戻って現在の情報を伝えて来てほしい」と退室を促すと、最低限の礼を執り部屋を出ていった。

彼もティツィアーノに心酔している一人だろうか。

テトは何かしらの対抗心を含んだ目でこちらを見ていた。

このまま、彼女と共に行動をして、サルヴィリオ家に連れて帰られる訳にはいかない。

「では、アンノもリタもリリアンのところに戻ってもらって構わない。今後のことは追って連絡する」

そう言うと彼女たちも出て行き、残ったのは副官と執事だけになった。

「――で、公爵様。彼女と諜報活動すると仰っていましたが仕事はどうするんですか？」

決済の必要な書類を小脇に抱えた執事が聞いてきた。

「……彼女はどうしてあんな事になっているんだ？」

「「は？」」

二人が素っ頓狂な声を出すが、そんなことはお構いなしに思わず頭を抱えてしまう。

「だからなぜ彼女が化粧をしているんだ。街で魔物を倒した後彼女が店から出てきて心臓が止まるかと思ったじゃないか」

「いや、ティツィアーノ様のお化粧の話ではなく、わたくしは仕事の話をしているのですが……」

半目でこちらを見る執事にイラッとしながら副官を見ると、彼の目は死んでいる。

「彼女が化粧をする必要はないだろう？　彼女はそのままでも綺麗だが、化粧をした彼女のあまりの神々しさに何人の男が平伏すると思っているんだ」

彼女の美しさを知っているのは自分だけでいい。

「公爵様。恋は盲目と申しますが……嫉妬深い男は嫌われますよ」

「うるさい。彼女に気づかれなければ問題ない」

隠蔽魔法を使った時、彼女を抱きしめたまま、このまま時間が止まればいいと思った。彼女の背中から伝わる心音に、支えた体の柔らかさ、髪から香る石鹸の香りにくらりとめまいを覚えたほどだ。

「先日も申し上げましたが、逃げられたくなければ、自制して下さい」

無自覚なんだからしょうがないだろうと思いながらも、無言で肯定を示した。

第6章　母の願い

「こんにちは。レイ」

諜報活動の拠点となる店に行くようセルシオ副官から指示を受け、昼過ぎに小さなカフェに向かった。

店内はある程度賑わっていて、それでいて落ち着いた雰囲気だった。

「こんにちは、ティツィアーノ様」

にこやかに微笑むレイは誰かに似ている気がする。

「……ねぇ、これから一緒に行動するのに『様』はつけないで。ティツィでいいわ。敬語も無しでお願いできる？」

席に着きながらそう言うと、彼が少し驚いた顔で、「……ティツィ……」と呟いた。

「これからよろしくね、レイ」

そう言うと、彼はさっきより優しい瞳で、「よろしく、ティツィ」と言った。

その言い方になぜか胸がドキリと跳ねた。

「ところで、例のお店にはどうやって行くか分かる？」

「陽炎亭は開店が夕方だから、時間になったら案内するよ。それまで店の見取り図を確認して段取りを話し合っておこう」

そう言って彼が掌サイズのノートを取り出した。

彼の開いたページには店の見取り図が描かれており、カウンターから、入り口までの距離、店の二階の間取りまで描かれていた。

「昨日の今日で良くここまで調べられたわね」

「僕の他にも諜報員はいるからね」

確かに、諜報員が一名という事はないだろうし、自領だからこそできる事だろう。


店を出て、案内された『陽炎亭』の店内は、開店したばかりだと言うのにすでに賑わっており、空いたテーブルは二つしか無かった。

その時見覚えのある男達が視界に入った。

カウンターに座る男達はあの裏路地にいた男二人だ。

レイも気づいたようだが、不用意に近づくのは避けるべきだろう。

「レイ、あの奥の席に行きましょう」

そう言って、男達から一番離れた席を指差すと、レイはすんなりと同意し、席に着き、飲み物と食事を頼んだ。それから彼は周りに聞こえない程度の声で言った。

「何か聞こえる?」

「特に会話はしていないみたい」

彼らはただ食事をしに来ただけのようで、私たちの注文したものが来る頃には店主に「また来るよ」と言って帰って行った。

「まぁ、今日は現場の確認に来ただけだし、彼らが誰かと落ち合うのは来週と言っていたから。とりあえず食事をして帰ろうか」

なんだか肩透かしを食らったようだが、見取り図で見る店内と、実際の間取りを確認できただけでも十分だ。

「ティツィ、案内したいところがあるんだけど、良いかな」

食事が終わった後、レイに連れて行かれたのは街が一望できる丘だった。

街の明かりがキラキラと輝き、どこも賑わっている。小さな喧嘩はあるが、犯罪が横行している様子もない。治安のいい街だ。

「綺麗ですね。案内したかったというのはここ?」

「街を把握しておきたいかと思って」

確かに、あの裏路地と陽炎亭とのおおよその距離や、大きな建物、彼らの侵入経路や逃走経路を把握しておくのは大事な事だ。

「それと別件で伝えておきたいことがあって」

彼は言いにくそうに口を開いた。

「明日サルヴィリオ伯爵家の方々が今回の件でレグルス家に来るそうだ。使いに行った人間が貴方の事を伯爵家の方に伝えたかどうかは分からないけれど、魔物の件で情報のすり合わせに来る」

「母も……？」

来るのだろうか？

「お父君も弟君も来るそうだ」

みんなで来るということはやっぱりテトが伝えたのだろうか？

会いたくない。惨めに逃げた自分を母はなんと言うだろうか。

自分の役割を投げ出した私をどんな目で見るだろうか。

「……ティツィ？」

思わず自分を守るように両腕で抱きしめた私を不思議に思ったのか、心配そうな声で彼が聞いた。

「母には会いたくなくて……」

「……サリエ殿があなたに公爵との結婚を強要した？」

心配というよりも、もしそうなら意外だという顔で聞いた。

「いえ。……言葉で強要した訳ではないけれど……。母をがっかりさせたくなくて……。

期待に応えたくて。……誰かに必要とされたくて」

思わず涙が溢れる。

言い訳だ。ただ、母の期待に応えたかった。それ以前に誰かに認めて欲しかった。必要として欲しかった。

憧れの騎士だった公爵様に勝手に期待して、そうして、勝手に見切りをつけ、面と向かって会うことを恐れ、一人で終わらせた。

こうして私は辛いことから逃げてばかりだ。

「私は、母を落胆させてばかりだから」

「……サリエ殿がそう仰った？」

「口にはしないけど、表情や態度で分かるわ。小さい頃からずっとそうだもの。……あぁ、でも王子との婚約破棄の時は『初めから期待していない』と言われたかな……」

あれが初めて言葉にされたものだと思う。いつもはがっかりした目線とため息だった。

「それは、アントニオ王子に期待していないという意味では……」

いつかも聞いたセリフだ。

「みんなそうやって慰めてくれるけど、自分が一番分かってるわ。私では期待に応えられないのよ。意見を言う事さえままならないの」

「サリエ殿に向き合ってみては？　何がきっかけで変わるか分からないよ。でも動かないと何も変わらない」

ここには自分を変えにきた。

自分の心にあった母との向き合い方を置いてきぼりにしたまま。

このまま見た目が変わっても私自身は何一つ変わらない。

拒絶が怖くて、向き合うことから、自分の意見を言うことから逃げてきた。

レイは優しくこちらを見つめたまま、穏やかに言った。

「自分を変えられるのは自分だけだよ」

あぁ……この言葉が自分に返ってくる日が来るなんて。

「自分が変わりたいと思わなければ変われない。他人が言っても」

人に言った言葉は自分に返ってくる。

あの日、アントニオ王子に言った言葉だ。

母と向き合わなくては、ずっと母という偉大な存在の影を追う事になるだろう。

「……私、ここに自分を変えたくて来たの」

「え？」

レイの目が大きく見開かれ、何事にも動じそうにない彼を驚かせたようで気分が良くなる。

「前の婚約者……アントニオ王子に『野ザルのよう』だとか、『色気のかけらもない乱暴者』ってよく言われていたの。でもそれを気にしたことは無くて、自分を女として磨くことなんてしてなかったから、そう言われても当然だと思っていたの」

「……ティツィは綺麗だ」

レイは、イラッとしたような不機嫌な目をして言った。

あまりの真剣さに笑ってはいけないと思っても、乾いた笑いは止められない。

「ふふ……。ありがとう。でも自分が一番よく分かっている。化粧もしないし、美容なんて気にしたこともない。目だって、どちらかというと吊り目だと思うし。できるのは必要最低限のマナーぐらいかな。貴族令嬢として求められる女らしさのボーダーラインを割っているのよ。可愛いや綺麗なんて無縁だわ」

レイは何か言いたそうに……でも黙って話を聞いてくれている。

「……それでいいと思ってたのよ。頑張って、勉強して、剣術を磨いて、魔法の練習をして、国を守れたらって……。いつか母や……あの人に認めてもらえるような人間になりたいと思っていたから」

「あの人……？」

ピクリと反応したかと思うとレイの雰囲気が変わった。

「そう、太陽のタッセルの人よ」

レイが所属するレグルス騎士団の公爵様だなんて言えない。

「アントニオ王子と婚約破棄した時、自分の好きな事をしようと思ったの。もう王太子妃という言葉に振り回されることなく、自由に生きようって。どうせ殿下に婚約破棄された私に結婚は無理だから、憧れの彼のいるところで騎士として生きていくのが良いんじゃないかって。……でも、王都から帰ったら求婚の手紙が来ていて……」

「サリエ殿の意思のまま結婚を承諾したと」

そう冷ややかに言った彼の言葉に思わずまた乾いた笑いがこぼれた。

そうだけどそうじゃない。最終的に自分の意思で彼に承諾の手紙を送った。断れない結婚だという思いはもちろんあったけど、憧れの人からの求婚に舞い上がった。

彼の下で騎士として近くにいるよりも、女性として側にいたいと思った。

憧れがいつ恋に変わったかなんて分からない。いつも王城で彼を目で追っていたのが当然になった。

好きな人に好きになってもらいたい。でも女らしさのかけらもないことなんて自分が一番分かってる。

思いを伝えることから逃げ、ただ、手紙には結婚の承諾だけを記した。

『お前はずっとシルヴィア一筋だと思っていたよ』

あの日、その言葉を聞いて感じたことは、『あぁ、やっぱりね』だ。

綺麗になりたい。こちらを向いて欲しい。

少しでも、貴方の心のどこかに引っかかっていたい。

そう思いながら妻になっても、誰か他の女性といるところを見るのが辛い。それがアントニオ王子ならきっとなんとも思わない。

言い訳に言い訳を重ね、向き合うこともなく逃げたくせに、それでも何か彼との繋がりが欲しかったのだと思う。だからここに来た。

急に黙った私を心配したのか、彼の雰囲気が変わった。

「ティツィ……。サリエ殿に向き合ってみてはどうかな。それでダメなら君が彼女に見切りをつければ良い。君が努力する価値のない相手だと。君は自分を追い詰めすぎだ。囚われすぎてはいけないよ」

彼の言葉に思わず目を見開いた。

母に対してそんな事、考えたことも無かった。

――ティツィに、母親に逆らえず結婚を承諾したのかと聞くと彼女は押し黙った。

あのうんざり王子から解放され、太陽のタッセルの騎士のもとに行こうとした矢先、絶対的な母親に勧められた結婚を断れなかった彼女の心痛は如何程だろうか。

いつもキラキラと輝いている彼女の目は今、不安げに揺れ、サリエ殿について話す時の彼女のなんと頼りないことか。

自分の知るサリエ＝サルヴィリオ伯爵夫人は期待に応えられないからと言って部下を蔑んだりするような人物ではない。本人の努力や、本質を評価する人間だと思っている。

何より娘と確執があるとの報告も無い。むしろ……。

「そうね……。向き合ってみるわ。今向き合わなければきっと一生向き合う勇気なんて持てない。……ありがとう、レイ」

そう言った彼女の瞳は先ほどとは程遠い、意志の強さが秘められた美しい目だった。

その瞳と、彼女の言葉に胸が大きく跳ねる。

「君の努力は尊敬されるべきだ。魔力が低いことに甘んじる事なく、今の地位も実力も自分の手で摑んだんだ。もっと誇るべきだよ」

そう言うと、彼女の瞳が大きく揺らぎ、見開かれた瞳は滲むものを必死に堪えようとしている。

「ありがとう。レイは『あの人』に似ているわ……」

そう言って、彼女は胸元の小さな袋を握りしめた。

「太陽のタッセルの……？」

「そう。全体的な雰囲気とか、話し方とか。今の言葉も……」

「へぇ……」

今彼女が見ている人間は茶色の髪に青い瞳。

サルヴィリオ騎士団の副官、ルキシオンと同じ髪色に瞳の色。年齢も三十代ぐらいだ。

彼女の想い人はルキシオンなのだろうか？　そう考えるのが一番腑に落ちる。

「彼には昔からずっと好きな人がいて……。その人はとても綺麗で魅力的な人だから自分では相手にならないの。そんな女性になりたくて……」

「だからなりたい自分になりたくて、レグルス領へ？」

副団長の思い人がどんな女性か知らないが、ティツィほど魅力的な人間はいない。

「そんな男に見切りをつけて、他に君を見てくれる人にしたら？」

声に嫉妬が滲み、冷たい言い方に聞こえたかもしれないが、しようがないと思う。タッセルを握りしめる彼女はうっすらと頬を染め、優しい思い出に浸っているようで、腹の底から不快なものが込み上げるのを制御できなかった。

副団長に思い人がいたのが救いだろう。そうでなければ、人知れず彼を消していたかも知れない。

すると彼女は「当たって砕けてみるのも有りよね」とふっと笑った。

その言葉と、澄み切った表情に思わず驚くも、「砕けたら拾ってね」と一粒流れた涙から目が離せなかった。

明日、伯爵家と共に副団長の『彼』も来るのだろうか……。

レイの言う通り、サルヴィリオ家が公爵家に魔物の事件について進捗状況(しんちょくじょうきょう)の確認に来た。

昨日帰宅してリタに母が来るので話をすると言うと、朝早くからリタがリリアン様から教えてもらったという私に似合う最新のメイクをして、「これで完全武装です。お嬢様(じょうさま)には分からないかもしれませんが、化粧は女の武器です」と言って念入りに化粧をしてくれた。

手は込んでいるが、色味などを控(ひか)えめにされた私に似合うという「ナチュラルメイク」とやらは少し大人っぽく見えた。

二階の窓から父や母、弟に続き数人の騎士が案内されるのを見ていると、その後ろから王家の馬車もやって来た。

国の守りである二領を引(ひ)っ掻(か)き回そうとする問題は当然王家も看過できないということだろう。

こっそり裏庭掃除(そうじ)のふりをして、話の内容を聞きに庭に出るも、公爵様の書斎(しょさい)は結界が張ってあり、防音効果も高いようで全く話が聞き取れなかった。

こうなったら、公爵家の人たちにバレないように会うにはギリギリの距離から母が出てくるのを待つしかない。

そうして必ず通るであろう庭園の中廊下の茂みで、一定の距離を保ちつつ、掃除のふりをしながら様子を窺っていた。

しばらく経つと公爵様とセルシオさんだけが出てきて、部屋の中の人間に「では、調査結果が分かり次第ご報告します」と言って会釈をし足早に出ていった。

客人を置いてどこに行くんだろうか？　急ぎの調査にでもいくのだろうか？

不思議に思いながら様子を窺うも、その後は誰も出てこない。

自分の心音がドクドクと聞こえ、足もすくんでいるが、このチャンスを活かさなければ私は成長できない。全てのことから逃げる癖がついてしまうだろう。……今までがそうだったように。

母はいつ出てくるのかとあまりに集中しすぎたのか、緊張しすぎたのか、不覚にも『奴』が近くに来るまで気づかなかった。

覚えのある不快な香水の臭いがしたかと思うと、後方から横柄で、不機嫌そうな声で話しかけられた。

「おい、そこの女。公爵の執務室はどこだ」

なぜ、アントニオ王子がここに⁉

先ほどの王家の馬車には乗っていなかったはずなのに！

「ん？　なんだ貴様、自国の王太子も分からんのか？　俺はこの国の王位継承権第一位のアントニオだ」

ドヤー!!　と書かれていてもおかしくない顔面をぶん殴りたくなる衝動を抑え、目元が隠れるよう俯き挨拶の礼をとる。

彼の後方に三人の護衛騎士もいるが、主人の横暴を止めるそぶりのない彼らは、ただただ王子に付き従うだけだ。

「ここの執事とやらに、今は重要な話をしているから待てと言われて待っていたんだが、俺は急いでるんだ。案内しろ」

つまり恐らく案内されたであろう別室から勝手に出てきて屋敷をうろついているという事だろう。

「もちろん存じ上げております。アントニオ＝エリデンブルク王子殿下。今公爵様はお出掛けになりましたが、執務室に向かわれますか？」

「当然だ。公爵に会うのがメインじゃない。俺の王位継承権のことで父上に至急聞きたいことがあったんだ」

いや、王宮で聞けよ。

思わず心でそうツッコんでしまう。

そりゃぁ、誰も執務室に案内しないはずだ。なんで継承権のことなんて重要な事人ん家で聞かなきゃいけない訳？　常識なさすぎでしょうよ？

「左様でございますか。公爵様の執務室には、陛下もサルヴィリオ家の皆様もいらっしゃいます。ただ……」

待った方がいいと話を続けようとした私の言葉を彼はぶった斬る。

「そうか。ではその部屋に行って、俺が来たからと言ってサルヴィリオ家の連中は部屋から出せ。陛下と二人で話がしたいから邪魔だ」

と、まさに世界の中心は俺様だという揺るぎない自信に不快感がマックスまで上がる。突然他人の家に来て、自分の都合で来客を追い出せとは何事か。しかも多忙な陛下が直々に現場の様子を見に来ているというのに。

というか、アントニオ王子は私の家族が苦手で、俺様王子の癖に、母には絶対に近寄ろうともしない。だから自分では追い出す自信がないから私に言ったのだろう。

「皆様、重大なお話をされていらっしゃるので、お話を終えられるまでお待ち頂くのがよろしいかと思います」

「……っき、貴様。メイドの分際で俺を誰だと思っている！」

彼の魔力がゆらりと揺れるのが分かる。王宮では誰も彼に逆らわない。すぐ感情的になって権力と暴力に訴えるからだ。

王家の人間は総じて魔力が強いけれども彼は自身の魔力のコントロールや、鍛錬を行わない。魔力の強大さが全てだと思っている。

単調な大きな魔力の塊をぶつけるしか能がない攻撃は避けるのも簡単だし、弱い魔力でも、コントロール次第で受け流すのも簡単だ。

「メイドの分際で俺様に意見するとは……死にたいのか？」

冷めた思いで彼の言葉を聞いていた。

こちらから彼を押さえ込むのは得策ではない。

騒ぎになって執務室にいる人たちに気づかれたくない。

「……ん？　貴様、どこかで見たことが……」

腐っても元婚約者だ。

髪型と雰囲気が少し変わったからと言って、十年も婚約者をしていれば一目見た時点で気づくのが当たり前だと思うが、腐っているからしようがない。

「ティツィアーノではないか！」

彼の表情が愉悦で醜く歪んだ。

「なんだ貴様、ここにいる事にも驚いたが、色気付いているのか？　化粧なんぞしよって」

ぎくりとした瞬間、彼の手を避けられず、前髪ごと髪の毛を摑まれ顔を上に上げさせられる。

抵抗すれば彼は騒ぎ出すだろう。なすがままに、上を向かされ彼を睨みつけた。

「なんだ？　愛する男の下へ行ったと聞いていたが、俺様がここに来るのを待っていたのか？　そんなに恋しかったか？」

吐き気のする言葉とともに、理解できない思考回路に嫌悪感しか無い。

「そうかそうか、それならもう一度婚約をしようではないか。レグルス公爵より、俺様の方が若くカッコイイから忘れられなかったんだろう？　俺が継承権を失うくらいなら第二妃でも耐えられるとマリエンヌは目に涙を湛えながら健気な事を言ってくれたからな」

やっぱり私との婚約破棄で継承権を失ったようだ。何が王位継承権第一位だ。思わず小さな笑いが溢れる。

「どうせ、公爵に嫁いでも猿なんぞ相手にもしないだろうさ。潔く俺の下へ戻ってこい」

勝ち誇った顔で彼が言った瞬間、後方でドアの開く音が聞こえ、何かがすごい勢いでこちらに向かってきた。

「こんの、クズ王子があぁぁ！　ウチの娘になにしょるんならぁぁぁぁあああ！」

そう言って勢いよくアントニオ王子の顔面を掴み、後方に投げ飛ばしたのは、見間違うことのない母親だった。

「貴様……、婚約時から散々ティツィをコケにしてきた挙げ句、どの口が！　どの口が再婚約⁉　大事な娘を散々傷付けた挙げ句、公衆の面前で婚約破棄をし、くだらぬ自尊心を満たしたカスが……」

まさに鬼の形相で激怒する母を呆然と見ることしか出来ない。

「さ、サササルヴィ……。ぶぶぶぶ……無礼な」

母の威圧に全身ガタガタと震えるアントニオ王子は見苦しい以外言葉が見つからない。

投げ飛ばされたアントニオ王子は意外に無傷だ。胸元のブローチが淡く光っているので、恐らく防御魔法を施した魔石が発動したのだろう。

いくつか身につけているアクセサリーは国の技術の粋を集め、付与魔法を施した魔石だ。これをつけていなければ重傷……いや、即死だったのではないだろうか……。

もはや母を前にして護衛騎士など無用のものだった。

母の後ろから慌てて走ってきた副官のルキシオンが私たちを取り囲むように防御結界を張る。

高さ二メートル、半径三メートル程度の壁で、強度重視の為か天井は無いが、その分壁が厚い。上空に魔力が逃げても屋敷や使用人に被害は無いだろう。

母のことを熟知している流石のルキシオンの判断に感服する。

母は、右手に異常に強力な魔力を込めながらアントニオ王子を仄暗い目で見た。

「可愛い、可愛いティツィが……今まで貴様の為にしてきた事を未だにその腐った脳みそは理解できておらんのだな。使い物にならない腐ったものなど捨ててしまえ。いや、私が廃棄処分にしてやろう。大事な娘への愚かな行為の代償は貴様の命で償え」

か……可愛い、可愛い？　大事な娘？

信じられない言葉が思いもよらない人の口から発せられるとこんなにも思考が停止するものなのだろうか……。

青ざめて母を見つめるアントニオ王子ははたと防御壁内の後方にいた父親である国王陛下を視界に捉え、安堵の表情を見せる。

「父上！　ご覧になりましたか⁉　お聞きになりましたか⁉　サリエ＝サルヴィリオが私に暴力に暴言を！　不敬罪でこの者を処罰して下さい……！」

そう言って父親を見るアントニオ王子は折角美形に生まれた顔を醜く歪め、立場は逆転とばかりに母を見るも、その言葉に陛下が小首を傾げ、「はて？　お前は誰かな？」と言い放った。

「……へ？」

アントニオ王子の目は落ちそうなほど大きく見開かれ、口はだらしなく開いている。

「余は、息子であるアントニオに婚約破棄による名誉を挽回したければ今回の魔物の件で別に調べることを指示しておる。それすらも投げ出すような愚かな息子などおらん」

いや、だからこそどう考えてもお宅の息子さんでしょうよ。と、全員が陛下を見る。

「と、いうわけで。王子を騙り、屋敷に入り込み、ティツィアーノ嬢の髪を掴み乱暴に扱った其方をサリエ殿が不審者として攻めるのは当然であろう。が、殺生はいかん。殺生は」

そう言って、そばに控える陛下の護衛騎士に向かって、

「この王子の名を騙る不届き者を引っ捕らえ、王城に連れて帰り、取り調べよ」

そう指示を出すと、彼らはアントニオ王子を連れて行った。

殿下は、見えなくなるまで、「俺様は本物の王子だ！」とか、「無礼者、全員牢屋送りだ」とか、大声で無駄な抵抗を続けていた。

そんな様子を、貴方が本物ということくらい全員分かっていてこの判断ですよ、と誰もが白けた目で見ていた。

不穏な殺気を感じ母を見ると、ものすごい形相で陛下を睨んでいて、思わず一歩後ずさってしまう。

その陛下は母の視線をものともせず飄々とした顔でアントニオ王子の連れて行かれた先を見ている。

「おい？　まだ奴との話は終わっておらんが？　このクソジ……」

「サリエ！　落ち着きなさい！」

「母上！　落ち着いて下さい！」

陛下ににじり寄る母を父トルニアと、弟のオスカーが諌める。

「止めるな、トルニア！　オスカー！　そもそもコイツがティツィをバカ息子の嫁に欲しいと言ったからこの子はしなくてもいい苦労をする羽目になったんだ！」

コ……コイツ？

陛下をコイツ呼ばわりする母に青ざめながらも、陛下は動じる事なく相変わらず飄々としている。

「確かに言ったが、ティツィアーノ嬢の意思を尊重すると言ったであろう？　そなたも反対しなかったではないか」

「まさか、あんなボンクラ王子の嫁になりたいなどと言う訳ないと思ったんだ。何度あのガキをシメに行こうかと思ったか」

え？　ええ？　内々に決まっていた事でなく私に意見する余地があったの？

「実際王宮に乗り込んで来たではないか」

「はっ。無駄に勘がいいのか、のらりくらり隠れていたようだがな」

お前が隠しただろう？　という目で陛下を睨みつける。

「なんにせよ、あやつの処遇はもう決まっておる。こちらに任せてもらおう。……バカ息子と話さねばならんことが山ほどあるんじゃ……」

飄々とした顔から諦めの表情になった陛下の声は段々と小さくなっていった。

「そなたも娘ときちんと話さねばならんことがあるんじゃないか？」

母を見ると、グッと顎を引き一瞬固まりゆっくりとこちらを見た。その目は苦悶の色が濃く、私の胸を苦しいほどに締め付けた。

陛下は結局そのままアントニオ王子を連れて王都へと帰り、私を含むサルヴィリオ家の人間は執務室に戻った。その中にはしれっとテトとリタもいた。

レグルス公爵家の使用人が部屋に入ることはなく、リタがいれば十分なので不要だと断った。

私もサルヴィリオ家から派遣されていることになっているので、この部屋にいることを不審がる公爵家の使用人はもちろんいない。

誰も言葉を発する事のできないままリタがお茶を給仕する音だけが室内に響き渡る。

――『向き合え』

あの時のレイの言葉が頭に響く。声が、出るだろうか……。

「ぁ……っ、ぁの……。母……」

「すまなかった」

小さすぎる私の言葉に被せるように母が頭を下げながら言った。

何が起きたのか分からなすぎて、母の下げられたツムジに一点集中してしまう。

「お前に、他に好きな男がいると思わなかった。ティツィが昔から好きだったレグルス公爵との結婚でお前は幸せになれると思っていたんだ」

ぶっ込みよったあぁぁぁぁぁぁぁぁぁぁぁぁぁ！

伯爵家の人間が……、側近の騎士団もいる中言っちゃったよ！

文字通りカッチン……と固まってしまう。

「な……なん。好きじゃ……」

確かに！　好きになったかもしれないけど、当初は憧れだったし！　昔っていつからのことを指してます⁉

てか、どこ情報⁉　誰⁉　テト⁉　リタ⁉

「そのようだな。私はルキシオンの情報に踊らされたようだ」

「いえ、サリエ様。ティツィアーノ様は公爵様に思いを寄せていらっしゃいましたよ」

ルキシオン！　お前かぁぁぁぁ！

しれっと涼しい顔をして、柔らかな茶色の髪に、真剣さを宿した濃いブルーの瞳の私の元副官を睨みつける。

「ティツィアーノ様の剣筋はレグルス公爵のそれをなぞるような動きであると、彼と模擬戦をした事のある私なら分かります。彼の動きは一朝一夕でできるものではなく、ティツィアーノ様が何度も王宮で盗み見しては、反復練習をし、習得されたものでしょう」

ねぇ？　なんの公開処刑なの⁉　ねぇ⁉

なんでそんな涼しい顔して超プライベートなことを暴露する⁉

そこに真面目にうんうんと頷いている父と弟も理解できないんだけど⁉

もう顔を真っ赤にして魚のように口をパクパクさせるしか出来ない。

「当初は恐らく憧れの騎士という存在だったかもしれませんが、ご本人の気づかれぬ内に恋に変わられたのではないかと」

もう止めて、これ以上喋らないでくれるかな？

そして彼の横に控える騎士達も一緒に頷くの止めてくれる？

「そうか……。お前達の報告は昔から一貫していたからな……」

その言葉に開いた口が塞がらない。

「『達』……？　『昔から』……？」

自分の与り知らぬところで起きているであろう内容に、復唱するしか出来ていない自分はバカではないかと思う。

「はい。ティツィアーノ様がお生まれになってからずっと、貴方の情報収集は伯爵家に仕える人間の最優先事項とサリエ様に命じられておりましたから」

さらっと言うルキシオンの顔を、穴が開くんじゃないかというほど見つめてしまう。

「そう。お嬢のことが可愛くて可愛くてどうしようもないサリエ様は、ありとあらゆるものを使ってずっとお嬢のストーキング状態ってことですよ。もちろん外部に……、お嬢にも知られないように緘口令が敷かれていますけどね」

　可愛くて可愛くてどうしようもない？　私を見る度に眉間に皺を寄せていた母が？

　そんなはずは無い。私はここの言語を理解出来ていないのではないかと思う。

「わ……私は……。母上に……疎ま……いえ、嫌われているのだとばかり」

　瞬きをすることすら忘れた視界は、滲んでくる。

　一心に母を見つめるも、ぼやけてはっきり見えない。

　視力にだけは自信があるのに、見た事のない呆然とした母の表情はぼやけたせいでそう見えているのだろうか。

「おおおおおおい！　ティツィの目から涙が！　誰か！　誰か止めろ！」

　そう慌てふためく母の声がする。

　そういえば母の前で泣いたことなどあっただろうか。情けない姿を見せてはいけないと。母のように常に強くあろうと。言いたいことも、傷ついたことも隠して。黙って。

　……違う。ただ逃げていただけだ。

「私は……身体強化もルキシオンのように上手く出来ないし、魔力も弱い。どんなに頑張っても母上の期待に応えられない。……ずっとずっと……貴方に認められたかった……」

　そう言うと、慌てふためいていた母がぴたりと動きを止めた。

「ティツィ……お前を期待はずれだとか、出来損ないだとか思ったことは一度もない。いつだって、自慢で私の誇りの娘だ。愛してる。愛しているよ」

そう言う母の瞳は見たこともないほど動揺し、揺らめいている。

「でもっ……一度も、抱きしめてもらったことなんて……ないっ」

まるで子どもが抱っこしてほしいと駄々をこねるようにみっともなく、明確な愛情を示してほしいと言う自分が情けなくなってくるが、堪えきれない感情が溢れ出す。

そう口にした私を母は真っ青な顔で見つめた。

今日は人生で初めて、こんなに母の表情が変わるのを見た。いつも、……いつも眉間に皺を寄せた顔しか私は見た事がない。

「ティツィ……」

そう言って私に向けられた両腕が、私に届く事なく、宙でぴたりと止まり、微かに震えている。

「サリエ、もう隠すのは無理だよ」

静かに言う父の言葉に、母は宙に浮いた腕を下ろし、両脇で拳を握りしめた。

「あの事は絶対に……っ！」

「サリエ。ティツィは君に愛されたいと、抱きしめてほしいとずっと苦しんで来た。私たちがどんなに君がティツィを愛していると、大事に思っていると伝えたところで今のままではティツィはそれを感じる事は出来ない。……君が苦しいのも分かるけれど……、ティツィも、そんな二人を見る我々も苦しいよ……」

母はハッとして父を見る。

「君と向き合う事を決めたティツィに、君は応える義務がある。そうだろう？　北の勇者。何者も恐れず立ち向かう君が、唯一逃げてきた事に向き合う時だよ」

「トルニア……」

母は、ゆっくりと向かいのソファに座り、こちらをじっと見つめ、ゆっくりと口を開いた。

「お前を産んだ時は一日陣痛に苦しめられた。そうして苦しんだ末生まれたお前を助産師が私の下に連れてきて抱かせれくれた。……お前の温もりに、私もこの子の立派な母親になれるよう頑張ろうと思ったよ。そうしてお前を抱きしめたら……」

「……抱きしめたら？」

急に口を閉じた母に先を促す。

「お、お前を殺しかけた」

「……え？」

「可愛かったんだ！　可愛くて可愛くて！　ゆっくり抱きしめたつもりだったんだ！　そうしたら、ほほほほ骨が……！」

涙を流しながら青ざめる母はガタガタと、震えている。

「サリエが、お前を抱きしめた瞬間、周囲から悲鳴が上がり、呼んでいた神官全員で治癒魔法をお前に施して一命を取り留めたんだよ」

震える母を宥めるように、母の背中をさすりながら父が言った。

「え？」

「それからサリエはお前に触るのが怖くて、触れられなくなったんだ」

母を見ると頭を抱え、小さくなっている。

「でも、私を見る時いつも眉間に皺を寄せて……」

「それは、我慢していたんだ！　抱きしめたくなるから！　でも、またお前を傷つけたらどうする⁉　次は助からないかもしれない！　抱きしめたいのに抱きしめるのが怖い！今まで怖いものなどなかったのに！　お前が私の唯一の弱点となった……」

言いづらそうに、母は言葉を続ける。

「お前が幸せになれるよう、お前が何を求めているのか、常に情報を集めた。王太子妃になると言えば、あんなポンコツ王子が嫌いでも、妃教育の環境を最高のものにし、サルヴィリオ家の長子として騎士団の団長を目指していると聞けば、黒竜から核を取り剣を打たせた。ただ、最強と言われる剣を持たせたのは決してティツィの能力を侮っている訳ではない。ただ……私が……」

そう言葉がだんだんと小さくなる母の続きを父が引き継ぐ。

「ただサリエが心配していただけなんだよ。私は過保護だと言ったんだ。でもサリエはお前の為だけに単身黒竜を倒すと言ってさっさと行ってしまって。倒したは良いが、黒竜から取った魔石でお前の剣を作ってから帰ると聞かなくて……。そのせいでお前の団長就任式に間に合わなかった」

母に疎まれていると思っていた全てが、思い込みと、悲観的な考えに染まっていた自分が招いたものだと気づく。

『あんな王子と結婚したくない』『就任式に来てほしい』『私も稽古をしてほしい』『抱きしめてほしい』

言葉にすればよかった。もっと早く向き合えばよかった。あんなに時間はあったのに。

「大事だからこそ、お前のために出来ることは何でもしたかった。でもお前はいつも私と会うのを苦手そうにしていたから、話は手短にしたし、私の自己満足でした事だから、言う必要は無いと思っていた。お前が生まれた時の事も……これ以上私を怖がって欲しくなくて……。お前に嫌われたくなくて誰にも言うなと緘口令を敷いていた」

ぱたりぱたりと落ちていく涙を止められない。

「母上……。身体強化はルキシオンのように完璧では無いですが……」

「うん？」

突然話題が変わったことに母が俯いていた顔を上げる。

「今なら、抱き……しめ……て、っくれ……ますか？」

一番母に言いたかったことなのに、上手く言葉に出来ない。

喉（のど）は詰まり、今きっと鼻水も垂れてみっともない顔だろう。

「お嬢はルキシオン副団長みたいな完璧な身体強化を目指してますが、十分というか、かなり上等な身体強化ですよ。目指すものが完璧すぎるのが問題だと思います」

テトが横から口を挟（はさ）むと、周りの騎士達もうんうんと頷いている。

「む……。そ、そうか。ティツィ……お前を抱きしめていいか？」

そう言って母が私のそばにゆっくりと来た。

「はい」

立ち上がり、今できる身体強化魔法を最大限に使う。

伸（の）ばされた両手は震えているけれど、止まることはない。

ふわりと優しく包み込まれて初めて胸いっぱいに母の匂いに満たされる。

「く……苦しくないか？」

「全然」

「も、もう少し力を込めても？」

そう聞いてくる母の声が震えている。

「はい」

自分の頭二つ分は大きい母を下から見上げると、少し苦しいくらい抱きしめられる。

「ティツィ、ティツィ。……私の可愛いティツィ。……あんなにか弱かったお前が……。あんなに小さかったお前はこんなに大きくなっていたんだな」

心が震える。

ずっと欲しかったものは手を伸ばせば手に出来たものだ。

勇気がなく、逃げ回っていた私の背中を優しく押してくれたレイに『ありがとう』とたくさん伝えよう。

彼を思うと、満たされていた心がより一層温かくなった。

――「……シルヴィアか……」

ソファに座り直した後、結婚式での経緯を話したところ、母は難しい顔をして言った。

「ご存じですか？」

「知っている」

あまり、社交界に関心の無い母ですら知っている『シルヴィア』とはどれほどの美女なのだろうか。

「知っていることを私が教えるのは簡単だが……。これから同じような問題が起きた時、いつもこうやって逃げるのか？　お前の言う将来の恋人と同じ問題が起きた時、全て戦わずに逃げるのか？」

「今戦う準備をしているところです」

「そうだな……。少し見ない間に綺麗になったよ。今までも十分可愛かったが、化粧だけじゃない、女らしさが出ていると思うよ」

「はい！　姉上とっても綺麗です」

母の言葉を後押しするようにオスカーが褒めてくれた。嬉しいけれど……。

「ありがとう、でも身内の欲目よ」

「またそうやって自分の価値を下げて、逃げていくのか？」

間髪を容れずに言われた言葉に詰まる。

「お前のゴールはあるのか？　自信の持てる見た目とは何だ？　お前の想像するシルヴィアと同じ容姿になれば良いのか？　もっと根本的なことだろう？」

その通りだ。みんな褒めてくれる。それでも元婚約者に言われ続けた、投げつけられた言葉が頭から離れない。

「じ……自分は！　ティツィアーノ様に好きだと言われたら天にも昇る気持ちです！」

母の後方でルキシオンの横に控えていた騎士が突然言い、その瞬間母の裏拳が彼の鳩尾に直撃した。

「お前にはやらん」

一瞬で伸びた騎士を慌てて支えた騎士が私を見つめる。

「……ティツィアーノ様。貴方に憧れて、恋する騎士は多いです。見た目だけじゃない魅力がたくさんある貴方は我々の誇りと自慢です。無礼にも、貴方が殿下との婚約を破棄されたと聞いて祝杯をあげた騎士が何人いたか分かりません」

思いもしない彼らの言葉に目を見開く。

「そうですよ。サリエ様が怖くて、言葉にも行動にも移せない腑抜けばかりですが」

そこにルキシオンが頷きながら言った。

「向き合え」

母のその言葉にハッとする。

レイと同じ言葉だ。

「それでもお前の価値が分からない男はゴミ以下だ。捨ててしまえ」

それもまた同じ言葉。笑ってしまった。

「ここでしている事も私たちは口を出さないから気が済むまでやったらいい。お前の帰って来る場所はあるんだからな」

父が、優しく笑いながらティッィと呼ぶ。

「サルヴィリオ騎士団のみんな、お前の事が大好きだよ。誰でも喜んで嫁に貰ってくれる。お前の選びたい放題だ」

「私に勝ったら嫁にやってもいい」

そこにすかさず母が言った言葉に「勝てる人いませんよ」と笑ってしまった。

――例の魔物問題で数日ここに滞在すると言うので、サルヴィリオ家の一行を客室に案内してもらうようレグルス家のメイドにお願いした。

渡り廊下を歩きながら、ルキシオンに気になっていたことを聞きたくて声をかけた。

「ねぇ、ルキシオン。私の事恨んでない？」

「はい？」

普段真面目な顔をしたルキシオンがポカンと間抜け顔をして言った。

「私ずっと思ってたんだけど、母上の指示で私の副官になったでしょう？　今までは私が頼りないから貴方が第一騎士団に残ったと思ったんだけど、きっと……母なりに心配してくれたんでしょうね。だけど貴方はずっと母の下で戦いたかったんじゃないかと思って」

彼が常に戦場でつけているタッセルは私が小さい頃から変わらない。彼の理想の騎士は母だ。

しばらく考え込んだ後、彼が私にこっそり耳打ちをした。

「私は実はリタが好きなんです」

「ええっ！　……っむぐ」

あまりの驚きに大きな声が出そうになった私の口をルキシオンが塞ぐ。

「っちょ。大きな声を出さないでくださいよ」

思いもよらない告白にこちらが赤面してしまう。

「ごめん……。あまりにビックリして」

「リタが好きだから、貴方の副官として第一騎士団に残留希望を出したんです。貴方のそばには基本常にリタがいますからね。恐らくサリエ様もお気づきですよ」

「……え。ごめん。本当に分からなかった」

「貴方に色恋事はハードルが高いと思っていますから、気づかれると思っていません」

悪戯っぽい顔をして言う彼に思わず後ろから蹴りを入れてしまう。

避けられたであろうそれを甘んじて受けながら彼は笑った。

「それに一度振られています。冗談だと思われたようですね」

「え⁉」

既に想いを伝えていたとは思いもしなかったし、リタと二人の関係に変化を感じたことは無かった。

「まあ、一度断られたぐらいでは諦めませんけどね」

そう言う彼はなんだか楽しそうだ。

「……レグルス家に一緒に連れて来ちゃってごめんね……？」

私が公爵と結婚したらそのままここに残っていたはずだ。

ルキシオンの気持ちを知っていたら連れてこなかったかもしれない。

「良いんですよ。リタの幸せは貴方のそばに居ることだ。彼女の最優先事項は常に貴方ですから。それに、恋に障害はつきものでしょう？」

そう余裕を見せる彼の目は相変わらず悪戯っぽさが滲んでいる。

「なんだか大人な反応でムカつく……」

「大人ですから。それに妹のように思っている貴方の側に彼女がいてくれたら私も安心です」

物心ついた頃からルキシオンは騎士団にいた。見習いから護衛係になり、最年少で副団長にまで登りつめた彼の努力も、才能もずっと見ている。私を騎士としてここまで育ててくれたのは彼で、兄のように常に優しく、厳しく私を守ってくれていた。

「二人がうまくいってくれたら嬉しいな……」

「ティツィアーノ様が幸せになったら、次は私がリタを幸せにします」

「え、なにその自信。一回フラれてるクセに」

「それくらい彼女が好きという事ですよ。他の誰にも譲るつもりはありません」

だから貴方も頑張って――。そう言って子どもをあやすように彼がポンポンと頭を撫でた。

「……ありがとう」

その優しさに思わず涙が滲んだ。

「ちょっと！　レオン様！　そこの壁に拳をめり込ませないでくださいよ！」

横でセルシオが慌てた声で言ってきた。

彼女が母親と話せるように、外出に見せかけて部屋を出て、中庭の渡り廊下が見える屋敷の二階から様子を見ていた。

馬鹿従兄弟が出てきたのは予想外だったが、私が飛び出す前にサリエ＝サルヴィリオが鬼の形相で部屋から飛び出してきた。

サリエ殿にアントニオが一撃をもらい、連れて行かれた後、彼女たちは執務室に戻り、それからしばらくして出てきた。

部屋の中の会話は聞こえなかったが、出てきた時の彼女はとても晴れやかな表情だった。彼女の囚われていた影は払えたのだろう。

昨日、母親の話をした時の彼女の憂えた雰囲気は遠目からでも感じることはなかった。

そんな彼女を見て、気付かぬうちに緊張していた体がほっと緩み、安堵のため息が漏れた。

が。が、しかし。

彼女は廊下を歩きながら副団長のルキシオンに話しかけたかと思うと、あの男は彼女に顔を近づけ、愛くるしい耳元で何かを囁いた。

「あの男……。彼女が赤面するほどの何を言ったと言うんだ……」

「ちょちょっ！　壁壁！　レオン様、壁壊れてますから！　落ち着いて！　落ち着いてください」

「これが落ち着いていられるか？　見ろ！　今度はじゃれあい始めたぞ」

「もう、本当にストーキングやめません？　あんた本当に逃げられますよ？」

段々とぞんざいな物言いになるセルシオの言動も気にかけてはいられない。やはり彼女の思い人はルキシオンで間違いなさそうだ。

あんなに幸せそうに、優しく微笑む彼女の笑顔に心が濁っていく。

その笑顔をこちらに向けてほしい。

綺麗になりたい？　それを他の男が見るのは許せない。

彼女が母親と向き合うのが怖かったのが理解できる。

必ず彼女を手に入れると思っていたが、あの笑顔を向けてくれるだろうか。

他の男を想う彼女に、心が欲しいと乞うて、拒絶されたら正気でいられるだろうか。

一度は手に入れられたと思っていた彼女が、この手からすり抜けていくのを黙って見ていられるだろうか……。いっその事……。

「……っは……。正気の沙汰ではないな……」

荒れ狂う感情とドス黒い想像が頭を掠め、乾いた笑いが溢れた。

自室に戻り、リトリアーノ国の動向や魔物の密輸についての報告書に目を通していると、開けていたベランダの窓から隣のベランダが開く音がした。

思わずそちらに足を運び、「アンノ？」と声をかける。

「公爵様……」

驚いたようにこちらを見つめる彼女の横顔に夕陽が差し、今にも消えてしまいそうな儚さを覚える。

「サルヴィリオ騎士団のみんなと話す時間を作れたようだが、懐かしい顔には会えたか？」

「はい。伯爵家の皆様もお元気そうで……。騎士団のみんなも変わりなかったです」

そう言って嬉しそうな顔で微笑む彼女の脳裏には一体誰がいるのかと胸の奥から暗い感情が込み上げる。

「……ティツィアーノ嬢の話は出た？」

そう尋ねると、彼女は僅かに反応するが、「まだ見つからないそうです」と誤魔化した。

まだしばらくは正体を明かす気は無さそうだと思いながら、「そうか」と返事をする。

「あのっ……。公爵様はなぜティツィアーノ様に求婚なさったのですか⁉」

本人にそう問われ、思わず「なぜ……とは？」と聞き返してしまう。

散々送った手紙でも、自分の想いは伝えたはずだ。

「だって、……公爵家に相応しい魔力の強い女性や、美しく綺麗な女性はたくさんいるのに……」

そう言った彼女の言葉に思わず息を呑む。

「そうだね……君の言うような女性は沢山いるけれど、私はティツィアーノ嬢しか欲しくない。彼女は誰よりも努力することの才能を持ち、誰よりも他人に寄り添うことの出来る人だと思っている」

そう言うと彼女は少し驚いたようにこちらを見つめた。

「先日……彼女が押し付けられた国境警備のモンテーノ領の貧困の村で、炊き出しをしたそうだ。自領の民ですら見捨てる領主もいる中、自領でもない領民に炊き出しをするなんて簡単にできる事ではない。自分達の騎士団の食糧から出しているのだから。それに彼女は魔力が弱いとはいえそれを補うだけの努力をしてきたはずだ。でなければ国境警備の騎士団を任されるはずがない。そんな彼女以上の女性にこの先出会えるとは到底思えないね」

だから君をここから逃がすつもりなどない。そう心で付け加える。

「……そう……ですか」

と彼女は俯いた。

「そうだよ」

だから早く諦めて、ティツィと名乗って欲しい。そうして一刻も早くこの腕の中に閉じ込めてしまいたい。

俯いた彼女が「……ふぅ」と息を吐いてこちらを見上げたが、彼女の表情は逆光で分からなかった。

「公爵様、私は今からレイのところに行かないといけないので……もし、今夜お時間があったらここでもう一度会えますか？　お話ししたいことがあるんです」

予想しなかったその言葉に、一拍遅れた後「では、……また後で」と返事をした。

彼女の話はティツィアーノとして『他に愛する人がいる』という話か。それとも——……。

彼女が部屋に戻ったのを見届けて自室に戻り、『レイ』になるべく銀の指輪を嵌めた。

——「レイ、ありがとう」

彼女は約束通り『陽炎亭』に来た。

サリエ殿が実家から持ってきたという黒竜の剣を抱きしめながら、これ以上ない眩しい笑顔で。

「母と話が出来て本当に良かった。貴方が向き合えって言ってくれたから……勇気を出して良かった」

素直に母親との話の内容を教えてくれたが、まさか生まれた瞬間、サリエ殿の怪力によって彼女が死にかけた話だとは思わなかった。

それでも曇りのない、信頼だけを湛えた甘いチョコレート色の瞳でこちらを見つめる彼女に理性を失いかけ、思わず抱きしめてしまいそうな両腕に力を込め、制御する。

昼間の彼女とルキシオンのやりとりを見た上に、先ほどの彼女との会話を思い出し、この感情のまま彼女を抱きしめたら、それだけでは終わらない。

隣に座る彼女の短い髪から少し覗いた、可愛らしい耳に吸い込まれる。

あの耳元であの男は何を囁いたのか……。

「それは……本当に良かった。貴方が幸せになることに何か出来たことが嬉しい」

顔を近づけ耳元でそう囁くと彼女の顔に熱が集中したのが分かる。

「ちょ、……蝶をね……」

「は？」

突然蝶の話を始めた彼女は赤くなった顔を背け、視線を手元のコップに移した。

「私、昔から蝶を触れないの」

「……？　……うん」

「小さい時、ひらひら飛んでいく綺麗な模様の蝶を捕まえようと思って羽を掴んだら……片方の羽がダメになっちゃって、一枚の羽を失った蝶はその場で動けなくなったの。花の上に置いて回復魔法の使えるリタを呼びに行って戻ったら……。もう他の虫が蝶を……」

弱った獲物を捕食するのは自然の摂理だ。

「……私が殺した。だから二度と蝶を触ろうだなんて思えなかった。だから、……極端だけど、母の触れるのが怖かったというのが分かる気がするわ」

「そうですね。僕も大事な人への触れ方が分からない」

そう言うと彼女は弾かれたように顔を上げた。

「え?」

「僕も愛する人にどうしたら良いのか分からない。誇り高く、そして繊細な彼女にどこまで踏み込んで良いのか分からない。どこまでなら許してくれるのか。でも、一度触れたら最後。自制なんて利かない。理性なんてどこかに行ってしまう……」

そう言って彼女を見つめると、キョトンとした表情の中には何の警戒の色も無い。

あぁ、そんな隙だらけでは、手を出さない男などいない。

もし、ティツィが触れることを許してくれたなら、私にだけその権利があるのなら。

小さな体を抱きしめたら柔らかなキャラメル色の髪に顔を埋め、なめらかな頬には誰も触れることを許さない。

甘い甘いチョコレートの瞳には他の男を映すことなど許さない。

薄桃色の柔らかな唇から他の男の名前を呼ぶことは許さない。

どこか静かなところに彼女のためだけの屋敷を建てて、誰の目にも触れることなく、私だけが彼女の唯一に……。

「レイ……？」

彼女がそう言った瞬間、パッと彼女の纏う空気が変わった。戦闘を予感させる空気だ。

「ティ……？」

「声が聞こえる……例の男たちの声が。魔物の臭いも……」

「場所は？」

「店の裏だと思う」

先程の隙だらけな彼女はいない。そこには、怒りを湛えて戦いに臨む一人の騎士がいた。

「レイ、行きましょう」

彼女はきっと守らせてはくれない。彼女が守りたいものを自分で守るのだ。

それが彼女の生き方で、自分が心惹かれた彼女だ。

眩しいほどに生きることに輝いている彼女を閉じ込めることなど不可能だ。

「あぁ」

そう言って二人で店を出た。

陽炎亭の裏口から、覚えのある不愉快な声と、フェンリルの臭いが鼻につく。

「サルヴィリオ家から一行が来ているというのは間違いなさそうだな」

レイの隠蔽魔法で姿を隠しながら様子を窺うと、十人程の男たちと、その後ろに大きな布をかけた荷台があった。

「レイ、恐らくあの荷台の中にフェンリルがいる。低い唸り声が聞こえるわ」

フェンリルは基本群れで動く。警戒心も強く、なかなか生きたまま捕らえたというのは聞いたことがない。そう考えると、彼の国も相当の使い手に捕らえさせたのだろう。

そう言うと、レイは静かに頷いた。

「アニキ、前回残したサルヴィリオ家の痕跡で王家も動いたようですね。苦労してサーベルタイガーとフェンリルを用意した甲斐がありました。これで二家が仲違いしてくれれば色々やりやすくなりますね」

「そうだな。おかげで予定より早まったが、サルヴィリオ家が来ているタイミングでフェンリルを街に放すぞ。これを残してな」

そう言った長髪の男が持っていたものはサルヴィリオ騎士団が使う矢だった。

何が何でもサルヴィリオを悪役に仕立て上げたいのだろうが、そこまであからさまなものを残す事自体がおかしいというのに気づかないのだろうか。

「一本でもフェンリルに刺しておけば十分だろう」

持っていた矢尻を胸元から出した小瓶の中に入れ、その香りに思わず顔を顰める。

「何だあれは？」

レイが小さく呟く。

「恐らく、サポアルの葉から抽出した興奮剤かと」

するとレイがピクリと反応した。

「なるほど？　魔物の密輸をするくらいだ。違法薬物などどうってことないわけだな」

サポアルは量を間違えると死に至る。

痛覚は麻痺し、興奮状態になる。そんな状態のフェンリルなど厄介以外の何物でも無い。現在取り扱いが許されているのは医者の精鋭が集められた宮廷医のみだ。

ゆらりと凍てつくような怒りを纏う彼はさすが『氷の公爵』と呼ばれるレグルス騎士団の諜報員といったところだろうか。

「レイ、私が近くで待機している騎士団に連絡して、事前に準備しておいた対フェンリル用の……」

「時間がない。今すぐにでもフェンリル達を街に放つつもりだろう。被害が出る前に押さえたい。ティツィはここにいて、奴らの動きを監視していてくれ」

その指示に頷くとレイがすらりと長剣を抜き、彼が一歩踏み出したその瞬間、呼吸が止まった。

「ぎゃあっ！」

「な、何だ⁉」

「誰だ！　殺せ！」

「早くしろ！　相手は一人だぞ！　……がっ」

あっという間に制圧されていくその光景を立ち尽くして見ているしか出来なかった。

長髪のボスらしき男以外は地面に倒れ込み、ピクリとも動かない。

レイは、腰を抜かした長髪の男の喉元に剣先を当て、静かに、汗一つかく事も、呼吸を乱すこともなく、凍てつく目で男を見下ろす。

「大人しく同行してもらおう」

そう言って、掌から小さな光を空に打ち上げる。

上空でその光が消えたと同時に、レグルス家の騎士達が集まり、彼の指示の下、男と荷台をあっという間に回収して行く様をただただ私は見ているしか出来なかった。

――あの流れるような剣捌きは。

幼い頃、一瞬で目を奪われたあの美しい剣筋を見間違う事なんてない。

王宮に行くたび、脳裏に焼き付けて帰った貴方を――……。

「ティツィ？」

立ち尽くす私を不思議そうに、心配そうに彼が覗き込む。

「レ……イ」

「うん？」

「あ、いえ……、あまりに貴方の動きに見惚れてしまって。本当に強いのね」

あんな男たちでは彼の準備運動にもならないだろう。レイはただの諜報員じゃない。母と並ぶ、エリデンブルク王国の誇る最強の騎士だ。

無意識に服の上から胸元のタッセルを強く握り締めると、タッセルの紐がプツンと切れた。

「あ……紐が」

思わず切れた紐をたぐり服の中から小さな袋を取り出した。

「……肌身離さずだね」

そう呟いた彼の声は、戦闘の余韻か、冷たいものを帯びていた。

「……そうね。太陽のタッセルってそういうものでしょう？」

思わず、なぜか反抗的な物言いになってしまう自分が子どものようで見苦しいと思う。

「僕には分からないな。好きなら代わりのものじゃなく、本物が欲しい」

「あぁ、……さっき話していた女性の事ね」

話に出て来た女性は間違いなく『シルヴィア』の事だろう。

『誇り高く、そして繊細な彼女』、『一度触れたら最後。自制なんて利かない。理性なんてどこかに行ってしまう』、そう彼が焦がれるシルヴィアが羨ましい。

『戦場で剣を振り回す乱暴者』、『色気のかけらもない野猿』、繊細さなど持ち合わせていない自分が正反対すぎて笑ってしまう。

彼は『ティツィアーノ』を努力家で人に寄り添えると評価してくれたけれど、『愛してる』とは言っていない。きっとあくまで『公爵家の花嫁』としての評価だろう。

何を勘違いしていたのか。彼と今夜きちんと向き合おうと思った矢先に心が折れる。

「そうだね。彼女自身が側にいてくれれば何もいらないね」

なぜそれを私に、……なぜ私がティツィアーノ＝サルヴィリオと分かっていて言うのか。

私が貴方を公爵と知らないと思っているから、本音を言っても問題ないとでも？

「……好きなのね」

「何者にも代えられない。僕の命すら彼女の命には敵わないよ。……彼女は他の男のものだったから、手に入れられるなんて夢にも思わなかった」

国王陛下ですら欲しがるほどの女性だ、群がる男性達を押し退け、レオン＝レグルスが選ばれたのだろう。

「彼女を逃すつもりはないよ」

そう言って私を見る彼の瞳は飢えた獣のようにも見え、奥に秘められた熱に体の奥がゾクリとざわめく。

「貴方にそんなに思われて幸せね……」

心から出た言葉だった。

「……どうかな。迷惑がっているかもしれないよ」

自嘲するように彼は言った。

「リタ、……レイが公爵様だった……」

公爵邸に戻り、用意された自室ではなく、まっすぐリタの自室へ行った。

「……ちょっと話が見えませんが？」

呆然とする私をソファに案内しながらリタが言う。

そうして、三年前の初陣の話から、今回の件について説明をした。

レイが、私の力量を見定める為にサルヴィリオ家の魔物討伐隊にいたことも、今回の魔物事件の時に再会したことも。

そして今回、彼の戦う姿を見てレイは公爵が変装した姿だと気づいた。

「なぜ公爵様はそんなことを？　単に動きが似ているだけではないですか？」

「私が見間違うわけないでしょう？　絶対にレイはレオン＝レグルス公爵よ」

「……彼の目的が分かりません」

それは私もだ。わざわざ彼が諜報員のふりをする必要性が見当たらない。初陣の時、新しい国境警備の現状を内々に視察したかったため変装したというのは理解できるが、今回なぜ変装したのか分からない。

「お嬢様を知っていたというのは三年前のあの時だったんですね。では、あの手紙に書かれてあった言葉も、気持ちも公爵様の本心ではないですか？」

「分からない。でも彼に『シルヴィア』がいることは間違いないわ。はっきり会話を聞いたんだから」

公爵邸に来てすぐにシルヴィアに会えると思っていたのに、未だに彼女の所在も掴めないでいるが、存在しているのは間違いない。

「……それに、私に会ったというのは事実でも、その手紙に書いた感情が本物かどうかなんて分からない。真実と嘘を混ぜたら私に判断なんてつかないわ。……あの時、どんなつもりで――」

どんなつもりで私に騎士の忠誠を差し出したのか。

忠誠は愛ではない。

愛はすでに彼女のものだったのか。シルヴィアはその頃すでに彼のそばにいたのか、それともこの三年間で出会った女性なのか……。

答えの出ることのない『シルヴィア』に頭が占領される。

自分ではコントロールできない何かが堰を切ったように、頬を温かいものが伝っていく。堪えることなどできない。

「お嬢様……私はタコ王子と婚約破棄した時、本当に……本っ当に嬉しかったんです」

「ええ!?」

急にアントニオ王子の話題が出た事に驚くと、リタは一気に捲したてた。

「だって結婚したらマジ地獄ですよ。あのカスは国政も責任も全て貴方に丸投げ。金遣いは荒いし、女遊びも激しい。頭が悪すぎて会話にもならない。態度はデカイけど器はちっちゃい。自身の魔力の大きさに胡座をかき、貴方の努力も実力も見ようとしない。結婚しても貴方の口角が少しでも上向くことはなかったでしょう」

リタは拳を握りしめ、言いたい放題言った後、私の顔を覗き込んだ。

「今まで頑張ってきた分貴方には誰より幸せになって欲しい。貴方の好きな人と……」

優しく私の目を覗き込んだリタの目は潤んでいた。

「……公爵様が好き。でも……たくさんの手紙で私を好きだと言ってくれても、『シルヴィア』と分け合うなんてできない。私だけを見てほしい。私だけ……」

彼の瞳に映るのも、彼が熱の篭もった瞳で見るのも、優しく触れるのも、優しく名前を呼ぶのも私だけにしてほしい。

私だけがいい。

「あのサリエ様と向き合えたんだからお嬢様ならできますよ。もし玉砕したら次行きましょう、次。お嬢様だけを幸せにできない男に用はありませんし。幸せになるためにいつまでも過去の男に固執していてはいけませんから。サクッと次の良い男見つけましょう」

テトのような軽い口調で言うリタに泣きながらも「そうね」と笑ってしまう。

優しく背中をさすってくれるリタの温かさに荒れていた感情が少しずつ落ち着いてくる。

「……公爵様ときちんと向き合うわ。ティツィアーノとして」

そう言うと、「それでこそお嬢様です」とリタは優しく微笑んだ。

「下で、ホットミルクでも作ってきましょうね。お嬢様は今日は私の部屋でゆっくりしていてください」

そう言ってリタは柔らかなタオルに私の顔を埋めるように涙を拭いてくれた。

「ありがとう」

泣いたのが恥ずかしくて顔を埋めたままの私は、部屋を出ていく時のリタの鋭い眼光に気づくことは無かった。

指につけた変装用の銀の魔道具を引き出しにしまい、テーブルに用意された琥珀色のウ

イスキーをグラスに注ぎ、ソファで一息つく。

今回の魔物騒動で捕らえた人間は、明日の早朝から尋問を再開することになった。その際はサルヴィリオ家も同席し、立ち会いの下尋問することになっている。

「色気のない夜這いだな」

自室に入る前から感じていた気配に声をかける。

差し込む月明かりを背にカーテンから女性が姿を現した。

「こんばんは、公爵様。いいえ……レイとお呼びした方がいいかしら？」

そう冷たい視線を送ってきたのはリタだった。

その彼女の言葉に反応することもなくグラスを口に運ぶ。

「……誰のことかな？」

「お嬢様はお気づきですよ？」

その一言にピクリと反応する。

彼女はいつから気づいていたのだろうか？　気づいていて……あのタッセルを隠していたのだろうか。

「それで？　出ていく前の挨拶か何かかな？」

「お嬢様がそう望むなら」

「逃すわけないだろう？」

魔物騒動のせいで疲れているのに、不愉快極まりない内容に怒りを隠す気もなく言った。

いつバレたのだろうか。今日までそんなそぶりは見えなかった。

彼女は正体が知られたと分かり、結婚から逃げるためにここから出ていくつもりだろうか。『自分を変えたい』と言っていたが、母親と向き合ったことで満足したのだろうか。

「お嬢様を幸せに出来ない男に用はありません」

「……ほう」

では誰なら彼女を幸せに出来るというのか。ルキシオンか？　そんな事は絶対に許さない。他の誰であっても彼女の愛が他に向くことを許容することなど出来ない。

「なぜここに来た？　貴様ら『二人』で時間を稼ぐ間ティツィアーノを逃がす算段か？」

「あれ、俺もバレてたんっすね」

そう言って、リタが現れた反対側のカーテンから同じような顔が現れた。

「気づかない訳ないだろう？　で、お前たちを人質にでもしたら彼女はここに残るかな？」

この二人はティツィアーノの腹心で、彼女が二人を囮に使うなど考えられない。そうなるとここに来たのは二人の単独行動だろう。

仄暗い怒りが渦巻いていく。

「知りたいことがあったので私は話をしに来ただけなんですが。……お嬢様がいるときと随分雰囲気が違いますね」

「そうかな？　意識はしていないけど……どちらも素だよ。一応話とやらを聞こ……」

その時、屋敷の結界に異常な反応を感じた。

公爵家の結界は私が直接張ったものだ。結界に歪みが生じればすぐに感じることができる。簡単に出入り出来るものではない。

正門でも裏門でもなく、塀を越えるように何かが出て行った。それも複数名だ。

一体いつ入って来たのか。違和感は感じなかった。唯一考えられるのは正門から堂々と入ってきた可能性だ。複数名が忍び込めるとは思えない。

「リタ！　何者かが数名結界を破って屋敷を出た。ティツィはどこだ⁉」

そう彼女に言うと、意味がわからないという顔をした。

「お嬢様は私の部屋にいらっしゃいます」

おそらくティツィアーノが屋敷を出る計画は無いのだろう。

「アーレンド！　聞こえるか、数名が南の塀から公爵邸の外に出た！　リリアンとウォルアンの無事を確認して来い！」

そう外に声をかけると、返事と共に走り去っていく声がした。それと同時にリタも部屋を出て行き、テトも彼女の後を追った。

「セルシオ！　南の塀から出て行った者がいる！　数名で捜索し、残りで町を封鎖して不

「レグルス公爵！　ティツィアーノお嬢様がいません！　窓も開いてます！」

リタがそう叫んだ瞬間、ざわりと背中を不快な何かが駆け上る。

「他の部屋にいないか邸内を隈無く捜せ！」

その指示を出しながらも答えは感じている。

先程結界に感じたあの違和感の中にティツィアーノがいたと本能が告げる。

「閣下！　ウォルアン様とリリアン様もいらっしゃいません！　護衛の者たちは何者かによって眠らされています！」

セルシオがそう言った後ろから別の騎士がセルシオに何か報告した。

「どうした？」

「王家から連絡係にと残された連中が消えています」

「連絡係？」

聞いていない。少なくとも陛下は何も言わずにアントニオ王子を連れて帰って行った。

「はい、陛下がお帰りになった後、アントニオ王子と一緒に来た護衛の者が三名ほど、何かあった時のためにここに残るよう陛下に申しつけられたと言うので、客間に案内していたのですが……」

ただただ不快な何かが込み上げてくる。

「確認もせず、屋敷に滞在させたと……」

渦巻く怒りを感じ取ったのか、セルシオの後ろに立っていた騎士の顔色がだんだんと悪くなっていく。

「はっ。その……殿下と一緒に来られたので何も疑いもせず、確認を怠りました」

鵜呑みにしたのも理解できる。王家の人間が護衛として連れて来た人間だ。

その時、後方から声がした。

「どうした？　公爵。何かあったのか？」

「サリエ殿……。ティツィアーノ嬢とリリアン、ウォルアンが誘拐されました」

「何だと？　レグルス公爵、貴様の屋敷の警備はそんなにも脆弱なのか？　そもそもティツィアーノが何の抵抗もなく誘拐されるとは考えられない。あの子は、……自分が思っているよりも強い」

「警備については何の申し開きもありません。至急緊急配備を行います。サルヴィリオ家にもご助力願えますか？」

「当然だ」

これ以上ない協力者を得ながらも、言い知れない不安が渦巻いていた。

犯人がバカ王子ならまだ良い。だが、黒幕が隣国リトリアーノであった場合……――。

最悪だ。

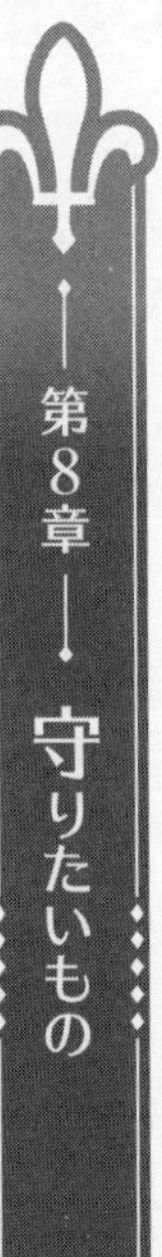

第8章　守りたいもの

リタがホットミルクを作ってくれると言って出て行った直後、小さな悲鳴が聞こえた。

その声の方に感覚を集中すると、複数の足音が南の塀の方に走っていくのが聞こえる。

不安を感じ、慌てて黒竜の剣を取る。

窓から足音のした先に向かうと、公爵邸を囲う壁の下に王国騎士団の服を着た男たちが数人立っていた。

今日、アントニオ王子と一緒にいた護衛騎士達だ。

その男たちは猿轡を嵌められたリリアン様とウォルアン様を担ぐように持って、塀を乗り越えようともせず、私が来るのが分かっていたかのように立っていた。

「貴様ら、王家の護衛騎士が何をしている？」

そう言うと、こちらを向いた騎士が口角をあげ、不敵な笑みを浮かべる。

「ティツィアーノ＝サルヴィリオ。待ってたぜ」

待っていた？

「どういう意味……？」

「『ティツィアーノは女子どもにめっぽう弱い。人気集めのつもりか知らんが、そんなことで王妃にはなれない』とお前の元婚約者が言ってたぜ。このお嬢ちゃんの悲鳴が聞こえれば絶対来るってな」

それでも、私があの小さな悲鳴を聞きつけるとなぜ判断できるのか……。

「聞こえるかどうかも分からない悲鳴で私がここに来る確信はない。一人で来る可能性だって断言できない」

そう言うと、ニヤニヤが止まらないのか、男が笑みを深くして言った。

「いいや、お前は来ると『あの御方』はおっしゃったからな。だからこそこの二人を連れ出したんだ。複数人で来たところで公爵家の令息令嬢がこっちにあれば誰も手を出せないだろう？　まさか、今日まで公爵邸に潜んでいるとは思わなかったぜ。散々捜して巡ってきたチャンスだ。さぁ、一緒に来てもらおうか」

「……その結界が易々と抜けられると思っているの？」

簡単には破れない結界だというのは少し魔力が使えるものなら分かる。

王家の護衛騎士になりすまさせ、厳重な警備の公爵邸に中途半端な人間を送り込むとは思えない。

手練れであればこの結界の頑丈さはすぐに感じ取れるはずだ。

男は鼻で笑い、胸ポケットから一つの魔石の付いたブローチを取り出した。

「それは……、なぜ、それを貴様らが持っている……」

赤く仄めく魔石のブローチは、王家が護身用として持っている魔力を無効化する魔石だ。

それは、赤竜の魔石から作られた貴重な物だと王妃教育で知った。

現時点で魔力を無効化する魔石はこの国に三つしか存在しておらず、陛下、王妃陛下、そして、王位継承権第一位のアントニオ王子しか持っていない。

「お宅の愚かな坊ちゃんは単純でいいね。マリエンヌがちょっと目に涙を浮かべて、身に危険を感じると訴えただけであっさり寄越したぜ。おかげでこの強力な結界も簡単に出られる」

あのバカ！

心の底から呆れて、もうその言葉しか浮かんでこない。

「…その魔石は一度きりしか使用できないと知っていて、わざわざここで使うつもり？」

「その一度きりが大事なんだよ。ティツィアーノ＝サルヴィリオ、お前も来てもらおうか」

「断ると言ったら？」

ニヤニヤと気分の悪くなる笑みを浮かべながら男がナイフをリリアン様に突きつけた。

「選択肢なんかねぇよ」

――その通りだ。

「あの御方はお前を捕らえ次第この国に侵攻するそうだ。お前が出てくるとめんどくさいんだとよ。最前列の特等席で最高のショーを見せてやるぜ」

つまり、私を最前戦に連れて行くということか。殺すでもなく、連れて行く理由は分からないが、そこに『あの御方』とやらがいるのだろう。

「お前が来ないならこの娘を殺すだけだぜ。公爵の妹が死んだところで別にどうでも良い。もう一人生きていて交渉できればいいんだからな。やらないと思うか？」

ニヤニヤとリリアン様の頬にナイフを突きつけるその様に、怒りで視界が真っ赤に染まるが、手出しなどできる状況ではない。

「分かったらその持っている剣をこっちに寄越しな」

ニヤニヤが止まらない男に、黙って剣を渡す以外選択肢は無く、そのまま壁の下に待機していた馬車の荷台に押し込まれた。


――やがて、馬車がガタンと大きく揺れて止まる。

「おい、降りろ」

荷台に入って来た男によって、リリアン様、ウォルアン様と一緒に乱暴に外に引っ張り出された。

「ここから翼馬で移動するから、さっさと歩け」

そう言って男は、背後から剣を突きつけ、行く先を指で示した。

辺りを見回すと市街地から離れたところで降ろされたようで、前方の小屋に翼馬が数頭繋がれていた。

小屋からは少なくとも五名以上の会話が聞こえた。その中の一人は聞き覚えのある声で、ゾクリと背中から不快なものが込み上げ、汗が伝った。

――ここで二人を逃がさなければ、もうチャンスは無い。

一瞬。ほんの一瞬。私達から目を逸らした瞬間、後ろ手に回されていた手首の縄を、背後にいた男の剣で切った。

「んなっ……」

「遅い」

回し蹴りと共に、自由になった手で剣を奪い、応戦しようとして馬車の前方からこちらに来た男達の足の腱を切る。

「ぐっ」

「があっ……」

彼らが乗っていた馬を一頭奪い、ウォルアン様とリリアン様の拘束を解いて、三人で馬に乗って来た道を駆け抜ける。

後方に意識を向けると、小屋にいた男達が騒ぎに気づいたのか翼馬でこちらに向かってきている。

　このままでは捕まるのは時間の問題だ。

「ウォルアン様、リリアン様、私はここで追跡者の足を止めます！　お二人でお屋敷に戻ってください！　少なくとも市街地まで戻れば警備兵や貴方達を捜索している騎士達がいるはずです！」

「そんな！　お姉様も一緒に……」

「この馬で三人も乗せていては彼らから逃げ切れません！　お願いします。公爵様と母に……いえ、父に彼らはカサノ村から来ると伝えて下さい」

「カサノ村？」

　ウォルアン様が不思議そうな顔をして繰り返した。

「言えば分かります」

　そう言って、馬を止め私だけ下馬した。

「恐らく、今の私では追っ手の連中から貴方達を守りながら逃げ切ることはできません。彼らの目的は私です。だから行ってください」

　大丈夫と言うように、リリアン様の頭を撫でる。

「嫌よ、お姉様を置いてなんて行けない！　リトリアーノに連れていかれたら……。連れて……っ」

リリアン様は言葉を継げなくなるほど涙が溢れて止まらない。

「彼らの侵攻を止める為にも貴方達にしかできないんです。それから、これを公爵様に……」

胸元から小さな袋を取り出し、リリアン様に渡す。

不器用な刺繍のタッセルでレグルス公爵家の家紋と分かるかは分からないけれど。

伝えないまま終わりたくない。少しでいい。貴方を想っていたと知ってほしい。

必死に頑張ったあの十年。なかったことにはしない。

リトリアーノに連れていかれるとしても、彼らの目的が分からない以上生きて帰れるかどうかすら分からない。

「これは？」

「渡せば分かると思います。それから、ずっと昔から貴方を……想ってきたと伝えてください」

あぁ、ずるいな。私は最後まで逃げてばかりだ。

本人に伝えることすら他人任せだ。

一瞬目を見開き、力強く頷くリリアン様が言った。

「これは渡します！　でも、……でも今の言葉は、お姉様が戻ってご自分でお兄様に仰ってください！」

「え？」

「戻って！　ご自分で！　ですからね！」

目に涙を湛え、可愛らしい顔をぐしゃぐしゃにして叫ぶように言った。

「私が言ったって何の意味もないですもん」

　——必ず戻って、と。

「はい、必ず戻ります」

　そうして二人を送り出した。

　程なく、翼馬が近づいてきたところで、威嚇として火球をぶつけるも、簡単に防がれ、五頭ほどの翼馬に乗った騎士達に囲まれた。

　その中に思った通りの男がいた。たった一度、陛下の誕生祭にリトリアーノ国の国賓の護衛として来た、そのたった一度きりだ。それでも実力差を測るには十分だった。

　公爵様や、母上、ルキシオンなら十分に勝機はあるが、自分では真っ向勝負だとどうにもならない。

　奪われた黒竜の剣があって初めて、どうにかなるかもしれないレベルだろう。

　あの小屋の中にこの男がいるかもしれないと思ったからこそ先に二人を送り出したのだ。

「ご無沙汰しております。リトリアーノ国ベレオ騎士団長殿」

「ご無沙汰しております。サルヴィリオ＝ティツィアーノ殿」

黒髪短髪の真面目で無骨そうな男は、表情を動かすことなく大剣を抜きながら言った。

「手荒なことはしたくない。黙って一緒に来ていただこう」

「もうすでに十分手荒ですよ」

その重たい剣を防ぐも、息つく暇もなく横から薙いでくる。

剣の鋒を彼に向けながら言うと、彼は表情ひとつ変えもせず切り込んできた。

「さすがですね。あの方が欲しがるはずです。……もう少しお相手したかったのですが」

彼の猛攻を防ぎながらも、嫌な臭いがした。

これは——睡眠効果の強い……。

その瞬間意識が飛んだ。


「こんばんは」

ふと意識が浮上したとき、そこは小さな家だった。生活感のある部屋だが、暮らしは厳しそうだと一目でわかる。

間違いない。強行突破で連れてこられたここは、エリデンブルクの国境沿い。

「……こんばんは、マリエンヌ＝モンテーノ男爵令嬢」

ここはサルヴィリオ領の隣にあるモンテーノ領内の最北端で、アントニオ王子の我儘で私が警備に当たっていた土地だ。

この家の住人の女性が、おどおどしながらマリエンヌにお茶を持って来た。そこに、ひょっこり顔を出した女の子には見覚えが……というか、見知った顔だ。

少女の名前はキャリーで、その母親の名前はメリルという。

以前、国境警備に来た時、重税で食べる物もないので、何か分けてくれと数十人の村人が駐屯地にやって来た。

父親に娘を助けてくれと抱き抱えられた骨と皮だけのようだった女の子は、発熱でぐったりし、そばに寄り添う母親はただただ途方に暮れた目をしていたが、元気そうな少女を見て安心する。

「ちょっと、どこを見ているの？　貴方、今の立場を分かっているの？」

綺麗な顔を歪めて、傲岸不遜な態度でマリエンヌが言った。

彼女の後ろには、王家の護衛がリトリアーノ国の服を着て立っていた。

「分かっていますよ。貴方が……モンテーノ家が国を売ったということですよね。アントニオ王子はご存じなんですか？」

流石にあんなおバカでも国を売るような真似だけはしないだろう……と信じたい。

「ふふふ、知らないけど、彼の協力なしには成り立たなかったわよ」

でしょうね。おバカだからさぞ操りやすかったことだろう。

「国境警備をモンテーノ領までするよう命じたのも貴方？」

「そうよ。警備の費用を他のことに使えるでしょう？」

「例えば、武器の輸入とか、人身売買のための人員をそちらに回したり？」

そう言うと彼女はニンマリとして言った。

「その通り。でも、貴方たちが来て逆にうまくいかなくなった。あれは失敗だったわ」

彼女の言いたいことは分かる。完全にモンテーノ領の資金源だったであろう『あれ』を閉じたのだから。

「『あれ』は……いつ、どうやって気づいたの？」

彼女の顔から先程（さきほど）の笑みは消え、冷えた目で私を見下ろした。

「さぁ？　何となく？」

「ふざけないで！　分かるはずがないのよ！　見えるはずがないのよ！」

彼女が言っているのは人身売買や武器などの密輸のために造られた長い長いトンネルだ。

国境を挟（はさ）むように作られたリトリアーノの森の入り口からモンテーノ領までのトンネルは通常目視では分からない。

アントニオ王子に言われて警備の任についていた時、不審（ふしん）な商団らしき馬車が現れた。

最初は商団に気付かなかっただけかと思ったが、数回同じことが起これば偶然（ぐうぜん）などあり得ない。

感覚強化をフルにして、国境警備線の背後にある山の麓(ふもと)の村でトンネルの出入り口を発見した。

それがここ、カサノ村だ。

「いつからリトリアーノと通じていたの？」

「五年ぐらい前かしら？　長い時間をかけて造った物なのに、貴方がアントニオ王子と婚約破棄(はき)したタイミングで、サルヴィリオ領に戻る兵士たちにトンネルを塞(ふさ)がれてこっちは大損よ」

「国境警備をさせたのも、武器屋や魔物(まもの)の密輸、それに人身売買の責任をサルヴィリオ家になすりつけようとしたのね？」

「そうよ。でもまぁ良いわ。この件がうまく行けば私はもう男爵令嬢ではなくなるの。貴方がトンネルに気付くまでに兵器も十分こちらに送ることができたし、物資も十分用意できた。戦争を始めるのには十分なの。リトリアーノの皇帝(こうてい)が、エリデンブルクを統合されたら、リトリアーノの公爵としての地位を下さると仰ったわ。そしてスムーズな侵攻のため、貴方を連れてこいとリトリアーノの皇子が仰ってるのよ」

「アントニオ王子と結婚(けっこん)するご予定だったのでは？」

そう言うとバカにしたように笑った。

「貴方と婚約破棄した時点であの男に王位継承権はないと誰もが知っていたわ。まして、地方の貧乏な男爵家など余程のことがなければ王妃になんてなれないことも分かってる。運良く嫁げたとしても、あのバカの相手を誰がしたいと思うの？」

わぁ……そうですね。よーく分かっていらっしゃる。

「それでも、国の結束を弱めるためにも貴方とアントニオ王子との婚約破棄は必須だったのよ」

つまりその気もないのに王子に迫ったわけだ。

「その点は感謝申し上げるわ」

すると、意外といった顔をした。

「貴方は王太子妃にそれなりの執着心があると思っていたけど？」

「与えられた仕事として頑張っていたけれど、あの男に執着は無いから」

そう言うと、つまらなそうに言った。

「フン、まぁいいわ。何にせよこの国はリトリアーノに蹂躙されるのよ。そして私は貧乏男爵の娘ではなく、公爵家の娘として社交界に華々しく立ち、必ずリトリアーノ皇子の心を掴んでみせるわ」

「……モンテーノ家では無理では？」

現実が見えているようで、見えていないのか。

「何ですって!?」

「どんなに貴方たちが上位貴族の地位を貰ったとしても統治する土地は荒れるだけ。自身の利益しか顧みない貴族では破滅しか見えないわ」

するると、彼女は何を言っているのか分からないという顔をした。

「だって、領民は私のものでしょう？　贅沢をして、税を取って何が悪いの？　貴族がお金を使わなかったら誰が使うのよ」

「何が悪いかが分からないことが悪いのよ。自分に与えられた立場というものが何のためにあるのか正しく理解できない人間に王妃なんて務まらない。民あっての国だというのに、弱い立場の人たちを軽んじる貴方が王妃となった国の行く末が恐ろしいわ」

「偉そうに！　アントニオ王子に野ザルのようだと捨てられた女が……！」

あまりの愚かさに吐き気がする。

かつて貿易の盛んだったモンテーノは影を潜め、現男爵の一代でその築かれた富はあえなく崩壊した。領地を治める才能も、商才も無い。あるのは欲だけだ。

「魔物の脅威にさらされている国境の村に何の支援も無く！　己の贅沢な生活のために、飢えにあえぐ民からさらなる税金を搾り取る人間が貴族の地位にいる資格などない！」

その時、後ろからパンパンと拍手が聞こえる。

「素晴らしいね。民を思い、彼らのためにあろうとするその崇高な心がけはなかなか実行できるものではないよ」

「カミラ皇子」

カミラ？　カミラ＝シヴェリモ＝リトリアーノ？

上質な黒のジャケットに身を包んだ、見目麗しい男が部屋の奥から入ってきた。

リトリアーノ皇家特有の金髪に、金の瞳、透き通るような白い肌。確か年齢は今年で二十歳だったはずだ。

一度、陛下の誕生祭に国賓として招かれていた時、一言挨拶をしたのを覚えている。

以前サルヴィリオ領で視察中彼に似た人を見たと思ったけど、本人だったのだろう。

その彼の後ろにはマリエンヌの父親であるモンテーノ男爵が勝ち誇った笑みを顔に貼り付けて立っている。

「久しぶりだね、ティツィアーノ＝サルヴィリオ。僕のこと覚えてるかな？」

カミラ皇子がこの場に似合わない純粋な笑みを湛えて言った。

「ご健勝で何よりと言うべきでしょうか？」

「ははは！　そんなに冷たい目で見ないでよ。これから毎日会うことになるんだから、仲良くしようよ」

「捕虜ということでしょうか……？　私では交渉には不十分かと思いますが？」

「何言ってんのさ、僕のお嫁さん。つまりリトリアーノ皇太子妃になるってことだよ」

「「なっ……」」

マリエンヌと、私の声が同時に出た。

モンテーノ男爵も驚いたようで、先ほどの不愉快な笑みが一瞬にして消え去る。

「なんでこんな野ザルとカミラ様が結婚ということになるんですか！　サルヴィリオ家は邪魔だと仰っていたじゃありませんか！」

キンキン声で喚くマリエンヌの言葉にカミラ皇子が軽く笑った。

「そう、手強すぎて邪魔だよ。でも、君が僕と結婚したらサルヴィリオ家も大人しくなるんじゃないかな。どう？　優良物件だと思うよ？」

ニコニコ自分を指差しながら言っているが、目が笑っているように見えない。

「お断りします。私では分不相応です」

「そうかぁ。ま、リトリアーノに来てからおいおい僕のことを好きになってくれたら良いよ」

――やばい、こいつも話が通じない系かもしれない。

「……とりあえず君は別室に待機していなよ。用意ができたらすぐリトリアーノに向かうから」

胡散臭い笑顔でそう言って、一人別室に移される中、マリエンヌとモンテーノ男爵の癇癪が炸裂していた。

何かが焼けた臭いがする。

結構大きな火を使っているように思うが、私の鼻でかすかに臭う程度なので離れたところだろう。

戦争の準備？　何の？

そんなことを考えているとドアをノックされ、女性の声がした。

「食事をお持ちしました」

外にいる兵士がドアを開けるとそこにはメリルさんが立っていた。

彼女の持っているトレーの上にはスープとパンが置いてあり、中に入ってくると兵士はドアを閉め、彼女と二人っきりになった。

「ティツィアーノ様、逃げましょう」

小さな、小さな……決して外に聞こえることのない声で彼女が言った。

「え？」

そう言いながらメリルさんは私の背中で縛られている両腕の縄をナイフで切った。

「な、何を……？」

「貴方は私の娘を……キャリーを助けてくれました。いつ死んでもおかしくなかった娘を……。あの日、主人も村の人たちも諦め半分で貴方達の駐屯地に行ったんです。追い返されるのを覚悟で」

震えながらそう言う彼女の目は強い光を宿している。

「浅い呼吸を繰り返し、何日も目を開けることのなかった娘の死を待っていただけでした。……でも。取り次いだ兵士も、私たちに会ってくださった貴方も、平民風情と蔑むこともなく快く食事を提供してくれ、娘は体調が落ち着くまで隊で面倒を見てくださいました。その後も、私たちにどれだけ心を砕いて下さったか……。どんなに感謝してもしきれません」

そう言って涙を滲ませて私の手を包んで微笑んだ。

「だから、逃げてください。私の家をリトリアーノ皇子の仮宿にされた時、貴方を連れて行くという話を聞いて……必ず助けると主人と約束したんです。村人も、みんな貴方を助けると団結してくれています」

嬉しい。私を心配してくれるその気持ちは嬉しい。でも……。

「そんなことをしたら、村の人たちが酷い目に遭います。私は大丈夫です。私のことで貴方達が巻き込まれるのは私が……苦しいです」

「そう思ってくださる貴方だから、皆貴方のために何かしたいんです。それにここは最前線です。戦争に巻き込まれて焼け野原になるのは目に見えています。そして奴隷にされるか、戦争に駆り出されるか……。それが分かっているので、女子どもは少しずつ村から逃がしていて、ここにいるのは殆どが貴方の為にと残った者達ですから」

その時、遠くから声が聞こえた。

「火事だ！　武器庫が燃えてるぞ！」

「消火に当たれ！」

恐らくここにいる人間には聞こえない声。

「火事……？」

思わず呟くと、騒ぐ声が聞こえなかったであろうメリルさんは少し驚いたように言った。

「あ、臭いがしますか？　……恐らくみんなが彼らの物資に火をつけたんだと思います。ここが騒ぎ始めたら混乱に便乗して逃げましょう」

私の手をぎゅっと握る彼女の手は震えている。

武器庫や物資に火をつけたのがバレたら村の人たちはただでは済まない。

「ありがとう。でも、私にも貴方達を守らせて」


――メリルさんが用意してくれていた村娘の服に着替えていると、ここにも火事の知らせが届き、辺りが騒がしくなり始めた。

「行きましょう」

「オイ、移動する……」ノックも無くガチャリと、ドアを開けた兵士の顔面を正面から叩きつけ、一発で意識を失わせる。

「こっちです」

身動きが取れるようになったなら、することはただ一つ。リトリアーノ軍の侵攻を少しでも遅らせる。

きっと、ウォルアン様とリリアン様は伝えてくれる。

きっと無事に屋敷に着いている。

「みんな、ティツィアーノ様を、連れてきたわ！」

メリルさんが、案内してくれた、村の端にある家に入ると、十人ほどの男性たちが集まっていた。

「ご無事で良かった！」

「あの時は本当にありがとうございました！」

「あの時頂いた作物の種のおかげで、今は皆何とか食べていけています！」

そう言って駆け寄ってくれたみんなの目はとても優しい。

「ありがとう、みんな。武器庫に火をつけてくれて、本当に助かりました。お陰で時間が稼げます」

「モンテーノ家も、リトリアーノの奴らも、俺たちのことをただ従うだけの者だと思ってますからね。警備も甘かったです。それから、これを……」

そう言って男性が鞘に入った剣を差し出した。

「これは……」

「貴方の剣ですよね？　武器庫に火をつけに行った時入り口に置いてあって、見覚えがあったので持ってきました」

渡された黒竜の剣は私の手に馴染むように、応えた。

「ありがとう。これで、十分戦えます」

すると、メリルさんが村と周辺の地図を持ってきてくれた。

「作戦、立てましょう！」


弓に自信のあるものは火矢で多方向から物資に火をつけてもらうことにし、力に自信がある者には、村から進軍する為の山沿いの通らなければいけない山道を木や石で塞いでもらうことにした。

そうしてメリルさんには村を一望できる場所に案内してもらった。

「ティツィアーノ様……ここから村の様子は見えますが、夜ですし、私には先程放火した炎しか見えません……」

「大丈夫。私にはよく見えますから」

先程放火した武器庫の他に……食糧庫、荷馬車の位置を確認し、弓を構える。

弓を放つ瞬間、強い光を放つ簡単な魔法を付与した小さな魔石をくくりつけると、作戦通り多方向から私の放った矢を目印に火矢が放たれる。

場は混乱し、次はどこから飛んでくるのか、火消しに追われながらもリトリアーノの兵士たちは錯乱している。ただ、騎士団長のいる、軍需品を詰め込んでいた荷馬車のところだけは統率がとれている。このままでは、進軍されてしまう。

「メリルさん。みんなと合流して、メイン道路の封鎖を手伝ってきて下さい」

まだ主要道路を塞ぐのに時間がかかるはずだし、少し塞いだだけではたいした足止めにはならない。

「分かりました。ティツィアーノ様はどうされるんですか？」

村の状況が視界に捉えられないメリルさんは私の顔を見てまさかと小さく呟いた。

「荷馬車が思ったほどダメージを受けていません。私が直接行って足止めをしてきます」

「そんな……敵陣の真ん中に突っ込むんですか⁉　自殺行為ですよ！　もう村人も誰もいません！」

「分かっています。でも今の私には取り戻していただいた『これ』がありますから、簡単にはやられません。それに、火消しに兵士たちも手を割かれていますから」

この剣以上に頼れるものなどない。母の思いを知れば知るほどその思いは強くなる。

「でも……！」

「メリルさん、ここまでできたのは貴方のお陰です。貴方達がしてくれたことを無駄にはしない。ここで進軍を止めなければ、戦場は広がるだけです」

公爵様や母が出れば進軍は止まるだろう。それでも、来るまでに蹂躙される他の土地を見捨てるなんてできない。

「お願いします」

そう言って、荷馬車の方へ向かった。後ろから「みんなと待ってますから！」と、メリルさんの叫ぶ声が聞こえ、手を上げて応えるに止めた。

「おい、そっちの荷物はこっちに載せろ」

「でもよ、本当に行くのかな。武器も食糧も結構な被害が出たんだろ？」

リトリアーノの兵士たちの会話を聞きながら荷馬車の中心部を目指す。

ベレオ団長から死角になり、かつ距離の取れるところで一気に火球を放つ。

「わあああ！　なんだ⁉　また火矢か⁉」

「一体どこから放ってるんだ⁉」

場が混乱したことに乗じて、火を放ちながら逃走経路に向かって走っていく。

「落ち着け！　ここに紛れ込んでるやつがいる！」

そうベレオ団長が言った瞬間、目の前に馬車が落ちてきた。

「っ……！」

——馬鹿力が！　馬車を投げてくるなんて！

なんとか躱したものの、荷馬車の隙間から転げ出たところが兵士たちの集まっているところだった。

「ティツィアーノ＝サルヴィリオ。……いつの間に」

ベレオ団長は苦々しそうに言った。

「自分達の国に帰りなさい。ここはお前達が踏み荒らしていい場所ではない」

彼に向き直りそう言うと、鼻で笑われた。

「先程手加減するべきではなかったようですね。いいでしょう、相手をしましょう。お前達、手を出すなよ」

そうして私の手元の剣を見て目を見開く。

「それが、最強の剣と謳われる黒竜の剣か……」

「卑怯だと言いますか？」

「いや、その剣は扱うだけでかなりの魔力操作を求められる。そうでないと暴発してしまいますからね。それができる貴殿はそれを扱う実力があるということ。筋力が無いと大剣が振れぬのと同じ。……楽しみだ」

右の口角を上げ、そう呟いた瞬間斬り掛かってきた。先程どれだけ手加減していたかが分かる。

攻めてくる彼の剣を受け流しながら攻撃の隙を探る。

――ほんっと馬鹿力なんだから……。

ベレオ団長が上から振りかぶった剣を受け止めた瞬間、ざわりと、不快な声が聞こえた。

「撃て！」

視界の端で捉えたのはモンテーノ男爵。そして彼を守るように横に立つ三人の騎士が私めがけて攻撃魔法を放った。

咄嗟に防御壁を張るが、ベレオ団長の剣を受け止めながら張ったそれは上等なものではなく、防げた衝撃は半分も無かった。

「きゃあああ！」

軽く吹き飛ばされ、荷馬車に体が叩きつけられる。

起きあがろうとするも……体が思うように動かない。腿に負った深い傷から血が流れていた。

微かにベレオ団長が、モンテーノ男爵に「余計なことをするな」と怒っている声が聞こえる。

「そうは言ってもベレオ殿、この混乱を招いたのはこの娘ですぞ？　早々に片をつけておきませんと。さっさと殺してしまいましょう」

　贅沢な暮らしをしている癖に、ひょろりとした体軀。年のせいか痩けた頬で貧相に見える彼は地に伏す私を満足そうに、それでもギラギラと憎々しげな色を宿した目で見て言った。

「それはダメだ。カミラ殿下は生きて捕らえよとのご命令だからな」

「ちっ……」

　娘をカミラ殿下にあてがいたかった男爵としては私を早々に消したいだろう。そんな気配を隠す気もなく睨みつけてくる。

　そんな彼を尻目に、ベレオ団長は振り返り、周りの兵に指示を出した。

「ここはもういい！　彼女を拘束して、救護室に連れて行け！　進軍の準備をしろ！」

　ダメだ！　まだ時間が足りない！

　黒竜の剣を支えになんとか立ち上がると、ベレオ団長は呆れた顔で言った。

「ティツィアーノ嬢、その出血でそれ以上無理をすると命に関わりますよ。ここで、貴方一人命を張ってどうなるというのです」

「……うるさい」

　彼が好きだと言ってくれた街を守りたい。私の育った領地を美しいと、街の皆も好きだと言ってくれたあの言葉がどれだけ本当だったのか、単なる社交辞令だったのかなんて私には分からない。

私を掬い上げてくれたあの言葉にも、背中を押してくれた言葉にも、どんな思いがあったかは分からないけど、その言葉で前を向けたことは間違いようのない事実だから。

私が見た彼を信じたい。彼の愛が私じゃない誰かに向けられているとしても。

好きになって欲しいなんて望まない。少しでもいい。ほんの少しでも貴方の心のどこかに引っかかるだけでいい。それだけでここで剣を振るう意味はある。

「諦めが悪くてごめんなさいね」

そうベレオ団長に剣を向けた。

その時、声が聞こえた気がした。充満する煙の中、覚えのある、胸が締め付けられるような『彼』の香りも……。

――幻聴まで聞こえるなんて、いよいよやばいわね。

そう乾いた笑いを漏らした瞬間……。

「ティツィ！」

目の前の兵士たちが一気に吹き飛び、星のちりばめられた夜空のような黒髪が、私の視界を塞いだ。

「ティツィ！　無事か！」

「公爵様……？」

私を抱きしめる公爵様の腕が温かい。幻聴でも、幻覚でもない。思わず視界が滲む。

「無茶をして……」

そう覗き込んでくる公爵様の顔面凶器に一瞬呼吸が止まる。

「ティツィ……？」

吐息まじりに言いながら、私を見つめる公爵様は心配そうな瞳から、怒りの色を宿していく。

「ティツィ……、こんなに怪我を……。セルシオ！　回復魔法を使える者を呼べ！」

青ざめて震える彼は、……綺麗な顔から血の気が引き、目を見開いている。

「あ、あの。私は大丈……」

「お嬢様！　ご無事ですか！」

声のした方に目をやると、母に、父、リタやテト、騎士団のみんなが来ていた。

リタが真っ青になって駆け寄って来る。

「あぁ……こんなに……ひどい怪我を。血もこんなに……」

リタが目に涙を溜めながら回復魔法をかけてくれているが、その後ろから私を凝視する母の顔が怖い。さらにその上をいく怖さでリタの治療を凝視する公爵様も怖い。

もう、ただただ、怖い。

公爵様はくるりと振り返り、ベレオ騎士団長に対峙した。

「貴様か。リトリアーノ騎士団長、ベレオ……」

「……否定はしない」

ベレオ団長は静かにそう言った。

モンテーノ男爵のことは言う必要はないと判断したのだろう。今からの戦いを心待ちにしているように見える。

「……消し炭にしてやる……」

腹の底から搾り出したような、暗い、澱んだ声で公爵様が言った。

「……これはこれは、氷の公爵とは思えない感情の揺れ方ですね」

「おい、待て。レグルス公爵。ここは私に譲れ。私がミンチにしてやる」

そう言いながら母がベレオ団長よりさらに大きな大剣を抜きながら言った。

「お断りします、サリエ殿。彼は私の獲物です」

「下がれ、レグルスの小僧。私の可愛いティツィを傷つけた報いを受けさせてやる」

「それは私の言葉です。ティツィの柔肌を傷つけ、血を流させたこと。後悔する間も無くあの世へ送り届けてやります」

いや、今そこで小競り合いしてる状況じゃなくない？

っていうか、なんか恥ずかしい単語並べ立てるのやめてもらえません？

「えー……。私は誰と戦えばいいんですかね？」

ベレオ団長が呆れたように揉める二人に言った。

その時、空気を壊すようにパンパンと手を叩く音が響いた。

「はーい。じゃあ、これにて僕たちは国に帰りまーす」

「何を仰るんですか！　カミラ皇子！」

場の雰囲気に合わない、のほほんとした顔と口調で現れたカミラ皇子にベレオ団長が駆け寄った。

「えーだってさ、さっき斥候から主要道路が石やら木で塞がれて進行に時間がかかるって報告があったしさ、サリエ＝サルヴィリオと、レオン＝レグルスがいたんじゃどう考えても勝ち目ないよ。ベレオは強いヤツと戦いたいかもしれないけど、分かってるだろ？　武器庫も、食糧庫も、もう目も当てられない状況だし」

メリルさん達が間に合ったようでほっとする。相手の戦意を喪失させるだけでこちらの勝利は頂いたようなものだ。

「カミラ殿下、ここまでの事をしておいて簡単に国に帰れるとお思いか？」

公爵様はカミラ皇子に剣を向け、仄暗い瞳で皇子を見た。

「そうだね。じゃあ取引をしよう。そっちの皇子からもらった魔石、三つ全部返そうじゃないか」

「三つ⁉」

あのバカはそんなに渡していたのかと呆れてしまう。

国宝である魔石はかなり高度な付与技術を要し、その効果は同じ付与をしたとしても段違いに質が高い。

防御魔法や魔力の無効化、移動魔法に治癒魔法など、どれも効果は完璧と言っていい。

その魔石は国の技術の粋を集めて作った王家のためだけの魔石だ。

その魔石一つで城が一つ買えるとまで言われている。

「断る」

公爵様と母の声は同時で、その場にいた全員が二人を「何で⁉」という顔で見た。

「あれー？　おかしいな。王家の魔石って言ったら十分取引材料になると思うんだけどなー。三つもウチに取られたなんて事になったら国の威信にも関わるでしょ？」

あれれ？　とカミラ皇子が首を捻る。

「王家の威信などどうでもいい。問題は貴様らがティツィを傷つけた事だ」

カミラ皇子が、そう言った公爵様とその言葉に唖然とする私を交互に見た。

「へぇ……。これはこれは」

「その通りだ、公爵。私の可愛いティツィに血を流させた罪は己の血と命で償ってもらう」

怒りを宿した目で口角を吊り上げる母は、全員を滅殺せんと大剣に魔力を流し込んでいる。

待って待って待って！　魔石と私の怪我を、天秤にかける事がそもそもおかしいから！

後方のセルシオさんやルキシオン達に目で助けを求めるも、全員が無理だと首を振る。

「は……母上！　公爵様！　魔石で手を打ちましょう！　私の怪我はもうリタが治癒してくれましたし！」

「ダメだ！　娘がこんな怪我をさせられて黙っていてやるほどお人好しではない！」

「サリエ殿の言う通り、ティツィの痛みは死を以て償ってもらう。サリエ殿こそ、昨日から領地との往復でお疲れでしょうからお下がりください」

全く聞く耳を持たない公爵様と母は、どちらが相手を殲滅するか言い争っている。

「……いい加減にしてください！」

――数刻前。

「お兄様、お姉様からこれを預かって参りました」

市外地の森を捜索していると、ウォルアンとリリアンが戻って来たと知らせを受け、急いで屋敷に戻った。

全速力で戻ってきたであろうリリアンは今にも倒れそうなほどぐったりしながら、見覚えのある小さな袋を私に渡した。

「これは？」

「ティツィアーノ様が渡せば分かるとおっしゃっていました！　それから、サルヴィリオ伯爵はどちらにいらっしゃいますか？」

ウォルアンに伯爵のいる場所を伝えると、そちらへ走って行った。

手元に握りしめた麻袋に目をやる。

なぜ、私に渡せば分かると言ったのか。

これをルキシオンに渡せということなのだろうか。

私の思いに終止符を打てと言いたいのだろうか。

まるでパンドラの箱のようなソレを恐る恐る開き、震える手で中身を出すと、思った通り彼女のタッセルが出てきた。

そのタッセルに付けられた家紋を見て息を吞む。

「公爵様。分かりますよね？　それが何なのか」

いつの間にか側にいたリタが言った。

レグルス公爵家の家紋。

獅子の心臓に一つの星を抱くその紋様は、違えることのないレグルス公爵家を示している。

刺繍が苦手だと言っていた彼女は、幼い頃どんな思いで針を刺していたのだろうか。

そっと、その刺繍に触れると、触れた先から指が震えると同時に、胸も震えた。

「お嬢様の憧れは、今も昔も貴方ですよ。……その先は直接お嬢様に聞いて下さい」

リタの言葉の『その先』が分からないほど鈍くはない。彼女の口からその言葉を聞きたい。

「お兄様！　あちらの人間はお姉様が目的だと言っていました。お姉様さえ手に入れば進軍してくると……」

リリアンが泣きそうな声で言う。

彼女は人質と考えるのが濃厚だが、それならばリタやテトでも十分な人質になる。

他の目的があると考えた方がいいだろう。

「公爵殿、娘はカサノ村に連れて行かれたそうです。間違いなくそこから進軍してくるかと思います」

振り返ると、サルヴィリオ伯爵と、サリエ殿が立っていた。

「カサノ村？」

普通進軍してくるなら魔の森か、海からやってくるだろう。

国境を越えてカサノ村からやってくるとは考えられない。

「国境が破られたということですか？」

「いいえ、以前ティツィアーノがモンテーノ領の国境警備を担っていた際に、近隣の村で地下道を発見しました。その先が恐らくリトリアーノ国の国境沿いの魔の森に繋がっているようで、そこを使い密輸等が行われていたと思っておりました」

そう言って伯爵は地図を取り出し、説明を始めた。

「最近その地下道は封じたのですが、すでに兵士や武器、物資など運び込まれていたかもしれません。……つまり、国境警備に気づかれること無く、カサノ村から進軍し、背後からサルヴィリオ領に攻め入るつもりかと思います。近隣には強い私軍を有している領地はありませんから……」

「なるほど、そこを落とせば王都近くまで攻め入ることが容易いということか……」

彼女に危害を加えたら許さない。

守ると誓ったのに……、己の能力を過信したが故に、結界の反応が遅れた。

取り戻したら全てを打ち明けよう。思い違いだったとしてもいい。手紙だけでなく、自分の口から。

「セルシオ！　全軍出陣準備をしろ！　レグルス騎士団の全勢力でティツィアーノを取り戻しに行く！」

そう言って自分の翼馬に飛び乗り、カサノ村を目指した。

――「ティツィ!!」

上空から火の手の上がる村を視界に捉えた瞬間から、さらに大きくなる胸のざわつきが治まらなかった。

未だかつてない恐怖が忍び寄り、速くなる鼓動と、冷たくなる指先。

ティツィは無事だろうか。

彼女を失ったらどうしたらいい？

ティツィ一人ならいくらでも逃げることは出来るだろう。けれど、村人を人質に取られていたら？

絶対に見捨てて逃げることなどしない。

だからこそウォルアンとリリアンだけこちらに逃がしたのだ。

視界に、燃える荷馬車と、剣を支えに立ちあがろうとするティツィが見えた。

「ティツィ！　無事か！」

翼馬の上から周りの兵士を薙ぎ払い、彼女の前に降り立つ。

こちらに驚き、大きく見開いた瞳はどこまでも澄んでいる。

思わず彼女を抱きしめると、柔らかく、温かい彼女の体に、自分の緊張が解けていくのが分かる。

柔らかな髪に顔を埋め、彼女の甘い香りに酔いしれる。

彼女の顔を覗き込むと、潤んだ瞳に吸い寄せられる。

「……っつ」

小さく痛みに顔を歪めた彼女をハッと見ると、大きく傷口の開いている足から、大量の血が流れていた。

その瞬間、理性が跡形も無く弾け飛んだ。

――「いい加減にしてください！」

そう言った彼女の声で我に返る。

サリエ殿と、どちらが敵を殲滅する権利を得るか、自分を見失い言い争う姿は彼女の目にどれだけ滑稽に映ったことだろうか。

「母上も、公爵様も、ここで争う意味はもうありません。カミラ皇子は戦う意思無しということですので。お帰り頂きましょう」

腰に手を当て、苛立ちながら言う彼女に可愛いと言ったら怒るだろうか。

「ティツィアーノ、お前を傷つけた落とし前はつけさせるべきだ」

それでも引かないサリエ殿に彼女は面と向かって言った。

「母上、落とし前はもちろんですが、それは敵を殲滅することではありません」

「おっ、さすがティツィアーノ。話が分かるね。やっぱり一緒にリトリアーノに行って、僕の花嫁になって欲しいなぁ」

その言葉に少し落ち着いていた怒りがまた振り切れそうになる。

「……花嫁？」

「そうだよ。戦争前に彼女はこちらに頂いておこうと思ったんだよ。君だって知っているだろう？　彼女の目も、鼻も、耳も。『神の感覚』と呼ばれるものだ。だから王家も、レグルス公爵家も彼女を欲しがったんだろう？　情報は戦争において最も重要で最も価値がある。最強の兵器だよ」

最強の兵器？　争うことを嫌い、争わないために、自ら剣を握る彼女を兵器？

「彼女をモノ扱いするな。彼女にそれが無くても、私は彼女を求めたさ」

「カミラ殿下。先ほども申し上げましたが、お断りします。この国には私の大事な人が沢山いて、貴方の用意する皇太子妃の座も、宝石も私には何の価値もない」

ティツィは、苛立ちを隠しもせず言ったが、その様子を楽しんでいるかのように、「残念」と笑っていた。

「とにかく、今回の件について賠償金は求めますし、王家の魔石も全て返して頂きます。その確認と賠償金の支払いが済み次第、お帰りいただいて結構です」

「賠償金はさ、僕の持ってる青竜の魔石でどうかな？」

胸ポケットから出した大きな青色の宝石のようなそれは、一目で分かる。間違いなく竜種のそれだ。

竜種の魔石一つで十分国宝の魔石と同等の価値がある。

「母上、良いですか？」

ティツィはサリエ殿に向かって聞いた。

国境での防衛、争いについては全てサルヴィリオ家に一任されている。その後始末についてもだ。

「……良いだろう。個人的に納得はしたくないが、ここでコイツらを殲滅したところで本格的な戦争が始まるだけだ。私としてもティツィアーノを戦争に巻き込みたくはない」

その通りだ。第一皇子。まして王位継承者を殺してしまえば、こちらに攻めてくる理由をあちらに与えるようなものだ。たとえ、先にあちらが攻めてきたとはいえ、実際死人は出ておらず、被害も少ないとなれば争う必要もない。賠償金を払うとなれば尚更だ。

結局リトリアーノが密輸した武器や食糧、荷馬車等もほとんどが火事で使えない状態。

使えるものも全てこちらが引き受ける形となり、カミラ皇子一行はリトリアーノに帰って行き、モンテーノ家の人間は王都へと連行された。そうして今回の件は幕引きとなった。

「…さて、帰ろうか」

そう言って、ティツィの背中と膝裏を支えながら、ひょいと体を持ち上げ、自分の翼馬に乗せようとすると、「のあぁぁ！」と、彼女から令嬢らしからぬ悲鳴が上がった。

「あ、あの。一人で翼馬に乗れますので、大丈夫です。いや、ホント、大丈夫です」

彼女は全身に力を入れ、全力で体を私の体を押し戻そうとしている。視線については完全に逸らされ、顔色は赤くなったり、青くなったりを繰り返している。

「……でも、傷口は塞いだとはいえ、かなりの血を失っていたから、君一人じゃ……」

「あ、それならリタの翼馬に……」

「すみません、お嬢様。私はリリアン様と乗りますので」

「じゃあ、テト」

「あ、俺はウォルアン様乗せることになってるんで」

「なら、ルキシ……」

「私は自分の命が惜しいので、お断りします」

段々と涙目になってくる彼女が可愛くて、ずっと見ていたいが、ここまで拒絶反応を示されるとさすがに傷つく。

「私と一緒に乗るのは……嫌かな」

「えっ。いえっ。その、嫌というか……」

「よし、ティツィアーノ。この母の翼馬に……」

「サリエは私を乗せてくれないと」

危うく、サリエ殿に役目を持っていかれそうになるところを、サルヴィリオ辺境伯が助け船を出し、あの最強と呼ばれるサリエ殿を引きずっていく。その様子を見ていると、彼が最強なのかもしれないと思わずにはいられなかった。

「ティツィ……」

そう呼びかけると、彼女はびくりと肩を揺らす。

そう言って彼女の手を取り、リリアンから渡された小さな麻袋を握らせる。

「聞きたいことがあるんだけど良いかな」

彼女はその手に握った麻袋を見て、みるみる顔が赤くなっていく。

「これは……その……」

「うん」

「……」

彼女が何とか言葉を出そうとしているのが分かる。期待しても良いのだろうか。

口を開こうとしては閉じ、私の目を見上げては、逸らすその仕草が可愛すぎて、もう……どうしてやろうかと、悪戯心がむくむくと顔を出してくる。

「お姉様！　私、伝言は伝えていませんからね！」

少し離れたところでリリアンが叫ぶ。

ギョッとした顔をした彼女が、一呼吸置いてこちらを真っ直ぐ見上げた。

「あの……。そのタッセルは……」

もう十分だ。彼女の瞳に私だけが映っているこの瞬間を独り占めしているだけで、心が凪いでくる。

「ティツィアーノ＝サルヴィリオ嬢。私と結婚していただけませんか？」

そうして彼女の左手を取り、手の甲にキスを落とす。

「貴方の人を思う優しさも、それ故に曲げられない感情にもがく姿も愛おしい。貴方がそばにいてくれるだけで、私は生きている意味を感じることができる。……貴方の心も、これからの人生も私に与えて欲しい」

目を見開き、パッと瞳が輝いたかと思うと、それは一瞬でふっと曇った。

チョコレート色の瞳がどんどん潤んでいき、血の気が引いていく彼女の顔色に足元から不安が這い上がって来た。

「私も、公爵様が好きです。……でも……誰かと貴方を分け合うなんてできない。私は公爵様が思うようなできた人間じゃありません。貴方が私を愛してくれても、他の女性のことも同じくらいそう思っているなら私は耐えられない。貴族の男性なら愛人を持つのが当たり前かもしれませんが……」

「ちょ、ちょっと待ってくれ。他の女性なんていない。リリアンが結婚式の時君に言ったことは誤解だと……」

この点については誤解が解けていると思っていた。彼女が屋敷に来た当初、説明したのだから。

「リリアン様がおっしゃったことではありません！　……聞こえたんです。新郎の控え室で貴方が陛下とアントニオ殿下と話している内容が……。貴方にはずっと思っている方がいて、私との結婚はアントニオ殿下の意向だと……」

そんな女はいない。想い、希った女性はただ一人、ティツィアーノだけだ。

「そんな女は存在していない」

「でも、国王陛下もその女性の素晴らしさを語っていらっしゃいました」

全く理解ができず、頭を整理しようにも周りの好奇の視線に集中などできるわけがない。ただでさえ彼女は貧血気味のはずだ。

顔色が悪いのは今の話の内容のせいだけではないだろう。

「とりあえず、一旦屋敷に帰ろう。そこでゆっくり話をしよう」

無理をさせたくなくて、そう言って強引にティツィアーノを自分の翼馬に乗せた。

「おい、レグルス公爵」

自分も翼馬に乗ったところで馬上のサリエ殿に声をかけられた。

「何です？」

彼女はなんだかワケ知り顔で口元が緩んでいる。

「シルヴィアからティツィアーノを落とすなよ」

その途端目の前にある彼女の体がビクンと跳ねた。

「？　当たり前でしょう。シルヴィアは他のどの馬より速いですが、賢いですから。無茶な飛び方はしませんよ」

「……シルヴィア？」

そう腕の中の彼女が小さく囁く。

「え？　ああ。この翼馬はシルヴィアと言って、ずっと私と戦場を共にしてきた子だ。信頼してくれていい」

そう言うと、彼女は、「……あ……眩暈が……」と呟き、全身から力が抜け、そのまま意識を失った。

最終章

窓から差し込む光に眩しさを覚え、目を覚ますと、公爵邸の私の部屋だった。

花瓶の水を換えていたリタは私の視線に気付いて声を掛けた。

「お目覚めですか?」

相変わらずの真面目な顔でそう言う彼女はどこか楽しそうで、私の怪我の心配はして無さそうだ。

「知っていたの……?」

「知っていましたよ」

『何を』とは聞かなくても分かっているようで、どことなく愉快そうな返事に思わずムッとする。

「いつ知ったの?」

「お嬢様が連れ去られた夜、公爵様が乗った翼馬をシルヴィアと呼んだ時に」

「そ……それは。公爵様に言った?」

「いいえ。面白すぎて言いませんでした」

悪びれもせず言うリタに、声にならない苦情が口をパクパクと動かす。

「どうでしたか？ 会いたかった『シルヴィア』は」

そんな私を気にもせず、リタは紅茶を用意しながら聞いた。

「……陛下がおっしゃる通り、見るものは心奪われるという言葉がピッタリだったわ」

シルヴィアのすらりとした脚は完璧なバランスを取っていて、そこに立っているだけで、彼女の纏う風格は他を圧倒する存在感だった。

風に靡く黒の鬣は、黒銀と言って良いほど光り輝いていた。

「お嬢様。もし、公爵様に本当に愛人なり恋人なりがいたなら私は彼を許しませんけれど、あの手紙も、言葉も、贈り物も、あなたの為に用意されたものです。貴方が公爵様の唯一ですよ」

その時ノック音がし、公爵様がドア外から声を掛けた。

「リタ、ティツィアーノの様子はどうだ？ 入ってもいいか？」

びくりと体が揺れ、部屋に入れないでと目で訴えるも……。

「はい、どうぞ。お嬢様はお目覚めですのでお入り下さい」

こらー！ 無視をすな！ 無視を！

主人の意見を無視して言ったリタを、心の中で叱りつけるが、もう逃げ場は無い。

カチャリとドアが開き、心配そうな顔をした公爵様がまっすぐこっちを見た。

私の顔を見ると、ほっとしたように綺麗な顔が緩んだ。

後ろにいたセルシオさんにドアの外で待つように伝え、部屋に入ってくる。

「よかった、目が覚めて……。気分は？」

近くにあった椅子をベッドの脇に寄せ、私の顔を覗き込むようにして言った。

裏切り者のリタはそのまま静かに部屋を出て行き、二人きりになった為緊張しすぎてまともに顔が見られない。

「ご心配を……おかけしました。お陰様で良くなりました」

「本当に？」

そう言って私のおでこに手を当てられ、体がピンと伸び、顔に熱が集まるのがわかる。

ひんやりとした心地のいい手は、優しく肌に触れる。

「貧血だと医師は言っていたが、顔が赤いな。熱も出てきたのか……。今は無理をしないでくれ。……君を失うかと思って、気が気じゃなかった」

ダークブルーの瞳が不安そうに揺らめき、胸を締め付ける。心臓の音がドクドクと響き、うるさい。

彼の顔をまともになんて見られなくて思わず強引に視線を外した。

視線を感じたまま目線を上げることができず沈黙が広がる。

「そういえば、さっきの話の続きだが……」

そう言って、タッセルをポケットから取り出し、俯いていた私の顔の下に差し出した。

明るい部屋で見るそれのあまりの下手さと、恥ずかしさでタッセルを思わず奪い返そうとして避けられる。

「病人なんだから大人しくしておかないと……」

思わず彼の顔を見ると、少し悪戯っぽい顔をした公爵様が私から届かない距離でタッセルを見せつける。

「いえ……。ほんと、おかげさまで元気に……」

じっと私を見つめる彼の瞳から悪戯っぽさが消え、真剣な瞳に変わる。

「……胸に光る星は、獅子の心臓を表すレグルス家の家紋に間違いないと思ってる。もう一度……結婚出来ないと言った理由を聞いても？」

もう逃げられない。

「あの……結婚式の日、国王陛下や公爵様達が控え室で話しているのが聞こえて……」

あぁ、この先を言うのが恥ずかしい……。

「『貴方はシルヴィア一筋』……だと」

「は……？　シルヴィア？」

穴があったら入りたい。でもでも、ここで逃げるわけにはいかない。

「ずっと憧れだった貴方に求婚されて、舞い上がって、でも貴方には他に愛する人がいたのに、王家の命令で私と結婚しなくちゃいけないって。……耐えられなかった。好きな人のそばにいるのに、その人が他の人を大事にする姿なんて見たくなかった。だから、シルヴィアという人がどんな人なのか見て、貴方が大事にしている人みたいに魅力的な女性に……」

その先は何かに口を塞がれて何も言えなかった。

彼の長いまつ毛が目の前にある。温かく、柔らかい唇が自分のそれを塞ぐ。

「公……っん」

上手く呼吸をすることができず、言葉も発せない。

後頭部を支えている手は強引だけど、大切なものを触るように優しい。

「君に……他に愛する人がいると思っていた……」

「そんな人……いません」

「でも、君はウォルアン達に『私も愛する人の為に生きていく』って言っただろう？」

「あ……それは、愛する人の前に『いつか』ってつけ忘れて……」

すると、公爵様は目を見開き、固まった。

「……いや、一番重要だろう？」

「公爵様に好きな人がいるなら、言い直さなくても良いかなって」

「いや、言い直して？」

「ご、ごめんなさい」

そう謝ると、公爵様は私の唇にふわりとキスを落とし、また心臓が跳ね上がる。

「ティツィ、……君を愛してる。どんな時もまっすぐ前を向く君も、自分の命を、人生を軽んじてきた中で、君のくれた言葉は私の世界に命を与えてくれた。君だけが私の世界だ」

「私も、公爵様が私の目標でした。いつ恋に変わったかなんて分からないけど、貴方を見るたびに……っんぅ」

彼の唇が私のそれに重なり、言葉が継げなくなる。

「ちょっ……待って、待ってくだ……」

まだ話の途中だ。

というか、心臓の音は煩いし、顔は熱いし、もうどうしたら良いのか分からない。

とりあえず外に出て新鮮な空気を吸って落ち着きたい！

「待てない。どれだけ待たされたと思ってるんだ。目の前にいるのに、触れられない、抱きしめられないもどかしさに耐えるのがどれだけ辛かったか……」

「こ、公爵さ……」

「『レオン』……と。公爵では無く、名前で呼んで欲しい」

そう言う彼は、先程とは違い、獰猛な目をして私の目を覗き込んだ。

熱を帯びたその目は逸らすことを許さず、体の奥底から不快では無いゾクリとしたものが駆け上がる。

彼の柔らかな唇が頬に触れ、吐息が頬を撫でる。

「レ、レオン……。待っ……」

恥ずかしくて、どうにかなりそうだ。

「無理だ」

頬にあったそれが、耳に移動し、柔らかなリップ音を立てる。

完全に自分のキャパを超えている。

「はいはいはいはいはいー！　待ちましょうねー」

場にそぐわない飄々としたテトの声がドアの入り口から響き、思わず両手で公爵様を押し返す。

「貴様……」

彼は、怒りに殺意を含んだような目でテトを、睨みつける。

「だって、止めないとサリエ様に殺されそうだから」

「そうだ、結婚もしていないのにうちの可愛い娘に何をしてくれているんだ、貴様は」

そう言って、母もテトの後ろから剣に手を添えて言った。

「おい、セルシオ、全員ここから追い出せ」

外で控えていたセルシオさんは真顔で「私も自分の命は惜しいので無理です」と、超絶真面目な顔で断った。

「本当に、おかしくない？」

王宮の広間に続く豪華な廊下を歩きながら、こっそりリタとリリアン様に聞くと、二人は鼻息荒く、『完璧です』と言った。

今日は、私とレオンの婚約披露を兼ねた舞踏会が開かれる。

バカ息子が散々迷惑をかけたと言って陛下が披露宴を王宮で行うよう手配してくれたのだ。

が！　私としてはこぢんまりと、ひっそりとしたかった。

アントニオ王子の時は気にもならなかったけど、あの美形の横に並んで歩くなど、心臓に毛が生えていないと出来ない！

残念ながら、私の心臓は産毛すら生えていないツルピカだから！

「リリアン様のおかげで最高の出来栄えです」

さすが『レアリゼ』を経営するリリアン様で、頭のてっぺんから爪先までトータルコーディネートしてくれた。

「お姉様の美しさを引き立てるにはやっぱりこのメイクしかないと思っていました。お兄様がお金に糸目はつけなくて良いと言うから、貴重なお化粧品も輸入できましたし、お兄様の選んだドレスをベースに、お姉さまの為だけの素敵なドレスが出来ましたわ」

そうして、私をうっとり見つめてほぅっとため息をつく。

「よく似合ってるよ、ティツィ。誰にも見せたく無いけれど、君は私のものだと公言する為なら今日一日我慢しよう」

そう言って、横を歩くレオンは私の頭に優しくキスを落とす。

美形の破壊力の、半端なさよ！

隣を歩いているレオンは、白い騎士団の礼式の服に身を包み……目が潰れそうなくらい眩しかった。

もはや、後光が差している。

あぁ、男性なのにこんなに綺麗だなんて……。

リリアン様が用意して下さったドレスはマーメイドラインで、澄んだ水色をベースに、裾にかけて濃いグラデーションになっている。

首元のレースも繊細で、質の良いものだと一目でわかる。

ドレスの腰から下にかけては繊細な刺繍が施され、シンプルなドレスだけれど、上品さが溢れている。

以前、リリアン様や公爵様と『レアリゼ』に買い物に行った時注文しておいたそうで、更に手を加えたそうだ。

「以前見た時も思ったけど、君のためにデザインされたものかと思うほど綺麗だよ」

レオンの優しい眼差しは、甘い声をより甘く感じさせる。

「あ、ありがとうございます。でも、ドレスでコルセットを締めないのは不思議……」

そう、普通はコルセットでスタイルを良く見せるために体を締め上げるのだが、その苦しさも無く随分と楽だ。

「お姉さまは普段鍛えていらっしゃるからプロポーションが抜群で、コルセットなんて必要ありませんもの」

うふふと微笑むリリアン様は超上機嫌だ。

王宮の大広間に着くと、周りの視線がこちらに集中したのが分かる。

既に多くの貴族が集まっており、妙齢の御令嬢たちがレオンの美しさに見惚れているのが分かる。

そして、その横に立つ私を品定めしているのを肌で感じ取る。

その視線に思わず体に緊張が走る。

すると、ぐっとレオンが腰を引き寄せ私の顔を覗き込んで、心配そうに言った。

「どうした？　気分が悪いか？」

そうして体温を測るようにコツンとおでこを合わせた。

その瞬間、会場から『キャー！』と令嬢たちの悲鳴が上がる。

「嫌！　公爵様に見つめられるなんて！　羨ましすぎますわ！」

「ご覧になりました⁉　あの、蕩けるような瞳で……」

「あんなご尊顔で見つめられたら、わたくし死んでもいい！」

「公爵様があんなに柔らかい声で女性にお声かけするなんて！　やっぱり噂は本当なのね……」

「コツン……！　コツンて……！　そんなことされたら死んでしまうわ！」

ああ、耳が良すぎて会場の隅から隅までご令嬢たちの言葉が聞き逃せない！

ねえ、噂ってナニ⁉　そこ具体的にお願い！

そう思いながらも、会場のざわつきと熱気、令嬢達の阿鼻叫喚に頭がくらくらし、本当に気分が悪くなってきた。

「あ、あの。来たばかりで申し訳ないのですが、私ちょっとテラスで外の空気に当たってきます」

「それなら、私も行こう」

心配そうに言うレオンの後ろに母と財務大臣の姿を認めた。

「──その話はレグルス公爵にしてくれ」

「あ、あちらにいらっしゃいますね」

こちらを認識した彼らの会話からはレオンに話がありそうだ。

「いえ、レオンは母とお話がありそうですので私一人で大丈夫です。リタ、リリアン様をよろしくね」

そう言って、不満そうなレオンを残して一人でテラスに向かった。

「ふぅ……」

テラスへと出るドアを開け、外に出る。目の前に広がる景色を見ると、見慣れた庭園が広がり、その奥に騎士団の練習場が見えた。

「ここからも練習場が見えるのね……」

今でも鮮明に思い出す。レオンを初めて見た衝撃と胸の高鳴り。

彼のような人に誇ってもらえる国を作りたいと思った自分はもういない。

あの頃がむしゃらに頑張ったことは今の自分に繋がっている。

あの人との婚約があっての今があるのだろうと思える。

そんなことを考えていると、後ろのテラスのドアが開き、声をかけられた。

「失礼」

「……アントニオ殿下(でんか)」

今まさに考えていた人が目の前に現れた。

彼は、なんとも言えない切ない目をして私の前に跪(ひざまず)く。

今までにない彼の行動に思わず目を見張り、驚(おどろ)きで微動(びどう)だに出来なかった。

国王陛下に諭(さと)され、彼の心境に何か変化があったのだろうか。

今回彼は舞踏会に参加はしないと聞いていたが、ここにいるということは反省を示し、陛下から許しが下りたのかもしれない。

それでも、私はどんなに反省をしても許すことは出来ない。

彼が取った行動は国を危険に晒(さら)したのだ。

彼は私をじっと見つめ、切羽詰(せっぱつ)まったような、それでいてなんと切り出していいのか分からないといった顔をしていた。

私から話すことは何もない。

ただ、彼からの言葉を待った。

「嗚呼……美しい人……」

……ん?

「……はい？」

あまりの予想外の言葉に思考も動きも停止する。

「貴方のあまりの美しさに居ても立っても居られず、自分の部屋から飛び出してしまいました」

そう言って切なそうに私を見上げて、彼自慢の顔に満面の笑みを広げる。

やっぱり謹慎中だったんじゃない……。

そう思いながら跪く彼を見下ろす。

「はじめまして、私はこの国の第一王子、アントニオ＝エリデンブルクと申します。この国でお見かけしたことのない方ですが、今回の舞踏会に招かれたルミラ公国の姫君でしょうか、それともウィリア帝国の姫君でいらっしゃいますか？」

「…………」

いや、お前、ホントどうした？

「姫君、どうか恥ずかしがらずお名前を教えて下さい。そして貴方の声をお聞かせ頂けないでしょうか」

恥ずかしがってないから、嫌がってるから。

姫君じゃないし。

ねぇ。空気読めない？

読めないよね。

「殿下……」

思わずため息と共に呆れ果てた声が出た。

一度ならず二度までも……ちょっと化粧をしたぐらいで分からないとは。

「あぁ、まるで小鳥の囀りのような、鈴を転がしたような素敵な……のわっ⁉」

そこまで言ったところで、彼が後方に……広間の軽食が置かれたテーブルに吹っ飛んだ。

「クソ王子が……」

レオンが背後から彼の肩を掴み、ホールに向かって投げ飛ばしたのだ。

恐らく没収されたであろう魔石を付けていないアントニオ王子は、投げつけられたホールのテーブルから痛そうにしながら顔を上げた。

「何をするんだ！　レグルス公爵！」

「殺す」

ドス黒い怒りを纏いながら彼に近づき、そう吐き捨てる。

「よし、許可する！」

と、母がレオンの背後から発言を後押しした。

「なんで貴様が許可をするんだ。そもそも貴様らは関係ないだろう！」

そう怒りも露わに壊れたテーブルから這い出て来た。

「大体レグルス公爵もいきなり何なんだ！　貴様は野ザルの面倒を……」

「野ザルで悪かったですね」

「……ん？」

進み出た私の顔をじっと見つめ、頭の先から爪先まで数回往復する。

みるみる顔色が悪くなり、まさかと口を開く。

「お、お前……まさか…ティツィアーノ……？」

「そうですが、殿下。もう婚約者でもないので呼び捨てはやめていただけますか？」

冷ややかな視線でそう告げると、彼はグッと顎をひき、私とレオンを交互に見ると、悔しそうに彼を睨みつけた。

ねぇ、なんなの!?

イラッとしながら、彼の視線に耐えていると、レオンがスッと私を庇うように彼のマントで、私を隠した。

その瞬間また会場から御令嬢達の悲鳴があがる。

彼の香りにふわりと包まれ、思わず顔に熱が集まった。

「殿下。私の婚約者に不躾な視線を向けるのをやめて頂こう。それから、先程の暴言に対して謝罪を求めます」

アントニオ王子にバンバン殺気を当てながらレオンが言うと、更にアントニオ王子がレオンを睨み返す。

「何の騒ぎだ」

集まった人垣が割れた先には、国王陛下と王妃様に、第二王子が立っていた。

「父上……」

思わずアントニオ王子が安堵の声を漏らす。

「またお前か、アントニオ。謹慎しておくよう言ったはずだが」

諦めとも、呆れとも取れないため息と共に息子を見る。

「父上、私は嵌められたのです！　マリエンヌがあんな女だなんて知らず。魔石も身の危険を感じているから貸してほしいと言ったから渡したのです……」

「それ以上喋るな！　恥晒しが！」

あまりの怒りに、陛下の声がホール全体に響き渡る。

「は……恥晒しというなら、ティツィアーノを騎士団長に任命したサルヴィリオ家や、それを許可した父上は何なのです！」

は？　私？

「何を言っておる？　とうとう気が触れたか？」

陛下は怪訝そうにアントニオ王子に聞き返した。

「僕にすら毎回稽古で簡単に負けるティツィアーノを、国境警備の要に？　その判断こそが恥ずかしいとお思いになりませんか⁉　それに、ティツィアーノとレグルス公爵の結婚がうまくいけば僕の王位継承権剝奪は無かったことにと約束したのに、陛下ともあろうお方が反故にするおつもりですか⁉」

顔を真っ赤にして、陛下に噛み付く。

「……陛下。私から殿下に前者に関してご説明しても？」

レオンのマントから抜け出し、そう言って進み出る。陛下は一瞬思案した後「思うようにして構わん」と言った。

アントニオ王子の前に立ち、彼を見下ろす。

「殿下。いつも稽古や模擬戦で貴方に負けていたのは本当に実力だとお思いでしたか？」

「何だと？」

ピクリと眉根を寄せ、訝しげに言った。

「だって、貴方は負けると周りに当たり散らすでしょう？　その姿がみっともなくて、見てると気分が悪くなるんです。だから態と負けていたんです」

「はっ。そんなの負けた言い訳だろう？」

すると、リタがスッと剣を差し出した。

空気読むのが上手すぎよ。

そう思いながらその剣をアントニオ殿下に差し出す。

「戦りますか？」

「いいだろう」

口元に笑みを浮かべて彼は剣を受けとった。

テトが私の黒竜の剣を持ってきたので受けとると、それを見たアントニオ王子が過剰反応を示した。

「ちょっと待て！　それは卑怯だろう！　黒竜の剣で戦うなど恥を知れ！」

お前にだけは言われたくない！　と思いながらそれを差し出した。

「使いますか？」

「何だと？」

「でも、これは繊細な魔力操作が求められますから、殿下には扱えないと思いますけど」

わざとらしく心配なふりをして言うと、ぎりっと歯軋りをして、強引に剣を取った。

「操作を誤ると、暴発しますよ」

そう忠告するも、「ふん、魔力操作など容易いわ。お前に出来て俺様に出来ない事はない」

そう言って剣を抜いた。

彼が黒竜の剣を振りかぶった瞬間、炎と共に悲鳴が上がった。

「あぁぁぁぁ！　手が！　手が！」

単調な魔力操作のみで黒竜の剣を扱おうとしたが故に暴発し、彼の手が焼け爛れている。

「おのれ、ティツィアーノ！　俺様を嵌めたな！」

「いいえ、暴発すると申し上げましたよ」

本当に予想通りの展開すぎて、呆れながらも彼の落とした黒竜の剣を拾い上げ、魔力を通す。

「こうするんですよ」

その様子を彼に見せると、悔しそうに私を睨みつける。

「リタ、殿下に治癒魔法を」

「えっ……」と、すこぶる嫌そうに顔を歪め、「私、あの人に近づくと蕁麻疹が……」そう言って拒否をするも、「リタ」と声をかけると渋々彼を治癒した。

「では、殿下。気を取り直してやりましょう」

そう言って自分の持っている剣を彼に渡す。

私を睨みつけながらも、黙ってそれを受け取り彼は立ち上がる。

黒竜の剣をテトに渡し、得物を持たず立つ私にアントニオ王子が眉根を寄せた。

「おい、貴様もさっさと剣を持て」

そう不愉快そうに剣の先を向けながら言った彼を一瞥する。

「要りません」

そう言って軽い身体強化をし、彼を見据えた。

「何だと……？」

腹立たしげに顔を歪め、怒りで額に血管が浮き出ている。

「貴方相手に武器は要りませんよ。どうぞ、遠慮せず斬り込んでください」

「言い訳は聞かんからな！」

「お互い様ですよ」

そう言うと同時に真っ直ぐこちらに斬り込んできた。

誰にでも扱える剣に魔力を流し、発火する剣を振り下ろしてくる。

何の考えもないただ振り下ろすだけのそれを避け、手をはたいて剣を落とさせる。

そのまま足払いをし、床に叩きつけ、上から押さえつけた。

「がぁっ……！」

「勝負あり。ですね」

「くそっ。ありえない……！」

苦々しく言うも、完全に押さえつけているので彼は微動だにできない。

「……ここまで弱いと負けたフリっていうのも結構大変なんですよ」

思わず稽古の日々を思い出し、ため息と共に溢れてしまった。

「きさっ……ま」

「私が得物を持っていないから油断したなど言い訳はしないで下さいね」

「くっ……」

そう言って上から押さえつけていた腕を外し、彼から離れた。

そのまま微動だにしない彼に背を向け、こちらを優しく見つめるレオンの下へ戻ろうと足を進めた。

一歩、足を進めたところでレオンの顔が険しくなった。

それと同時に背後から寒気のするような強大な魔力を感じ、反射的に身体強化をする。

振り返った瞬間、アントニオ王子の右手に魔力が集中していた。

あんなもの、ここで暴発させたら周りの人もタダでは済まない。

自分を守れても、怪我人が大勢出る。

……怪我で済めば良い方だ。

なぜそれが分からない。

自分の行動が自分の首を絞めている事に。

「俺様を……馬鹿にするなぁあああ！」

怒りと共に放とうと振りかぶったそれを押さえ込みに行こうとした瞬間、レオンが横を通り過ぎていった。

「どう頑張ってもクズだな」

レオンがアントニオ王子に吐き捨てると同時にアントニオ王子の右手にある魔力をレオンの魔力で相殺する。

少しでも魔力の大きさが違えば魔力同士で暴発するというのに、瞬時に、寸分狂う事なく同じ魔力で相殺させる才能に魅せられる。

「ティツィアーノを……殺すつもりだったか？　アントニオ王子」

背筋の凍るような冷たい声でレオンがアントニオ王子に言った。

あまりのレオンの圧で何も言えないアントニオ王子はゴクリと喉を鳴らす。

「二度とそんな事が出来ないように消し炭に……」

「レオン。こやつの処罰は余に任せてもらおう」

レオンの怒りを遮り国王陛下の声がフロアに響き渡った。

「アントニオ、其方には生涯タイロ鉱山で強制労働に就かせる。魔力に関しては封印をし、二度と使える事はないと思え」

「父……上……？」

タイロ鉱山というのは、囚人達が強制労働させられる場所で、刑罰としてはかなり重い。

それでも強制労働期間を決められるのがほとんどで、生涯というのは聞いたことがない。犯罪者同士のいざこざだけでなく、石切りなどの作業による怪我も多い。食事も衛生面も劣悪と聞いたことがある。

王宮という温室でぬくぬくと過ごし、プライドだけは高いアントニオ王子には死ぬより辛い処罰だろう。

まして魔力を封じられては逃げ出すことも、荒くれ者の多い囚人達の中で立場を確立することもまず無理だ。

「父上！　なぜですか!?　私は何も悪くありません！　マリエンヌの件も私は騙されただけと申し上げたではないですか。それともティツィアーノとの婚約破棄の件ですか!?　王位継承権は……」

「だまれ！　これ以上見苦しい姿を余に見せるな。アントニオ、お前の代わりはいるが、サルヴィリオ家の代わりはいない。お前が捨てたのは国の守りで、その時点でお前の王位継承権はなくなった。レオンとティツィアーノ嬢の結婚と王位継承権を結び付けたのも、お前が勝手に言った事で一言も余は了承していない」

呆然と父親を見つめるアントニオ王子の顔色は真っ白と表現しても語弊はないほどだ。

そんな息子を冷ややかな目で見ながら言葉を続ける。

「何も悪くないだと？　モンテーノ男爵家の娘に唆され、国を売り渡した貴族と関係を持つなど王家の人間として問題にならぬ訳がない。知らなかった、騙されたでは済まされない。それが王位継承者なら尚更だ。……大人しく自分の部屋で謹慎しておれば幽閉か、平民へ落とすだけで済んだかも知れぬものを……」

その言葉を聞いたアントニオ王子が一縷の希望を目に宿し食いつく。

「確かに謹慎するよう言われていましたが、ちょっと舞踏会に出ただけではありませんか！　鉱山で強制労働に就くほどでは……！」

「阿呆が！　このホールに集まる貴族が今まさに貴様に殺されかけたではないか！　貴様の思うがままにあんな魔法を放っていたらどれだけの死傷者が出たと思っておる！　レグルス公爵がいなければ被害は計り知れなかった！」

国王陛下でも庇いきれない。

感情のまま、何も考えず行動する王族など誰も求めていない。

共に国を支える貴族たちも自分達が害されるとなれば当然支持など誰もしない。そもそもサルヴィリオ家の後ろ盾なしに彼を支持する貴族は居なかったのだから。

床にへたり込むアントニオ王子を見つめる貴族の冷ややかな……侮蔑のこもった目。

アントニオ王子は周囲の貴族を見回し言葉を失った。

今まで散々金魚の糞のようについて回っていた取り巻き達ですらもはや目を合わせもしない。

父親も、母親も、小さな弟ですら彼を他人のように冷ややかに見ている。

彼は、一人だ。

王子という立場に胡座をかき、勉強も、武術も、自己研鑽する事なく。

彼を思って口を出す人間を排除し、自分に甘い言葉だけをかける人間を側に置いた。

その結果がこれだ。

陛下にアントニオ王子を連れて行くよう指示された近衛兵たちが彼を連れて行くが、以前レグルス公爵邸で連行された時とは異なり、騒ぐ事は無かった。

焦点の合わない目で心は壊れていた。

「ティツィアーノ嬢」

「アッシュ殿下」

アントニオ王子が連れて行かれた後、もうすぐ五つになられる第二王子のアッシュ王子に声をかけられた。

兄によく似た顔立ちだが、年齢に似合わぬ聡明そうな顔つきをしている。

我儘なアントニオ殿下と違い彼の評判は貴族にも届いており、これから彼の婚約者の地位争いも激しくなるのだろう。

「この度は兄が大変ご迷惑をおかけして申し訳ありませんでした」

「とんでもないことでございます。アッシュ殿下のせいではありませんから。彼の横暴さも、傲慢さも貴方がお生まれになる前からですから」

言葉を濁す事なくそう告げる。

彼は純粋さしかない瞳で私をじっと見つめ、少し戸惑いながら口を開いた。

「ティツィアーノ様……。大変不躾な質問なのですが……」

「はい。……？」

本当に言いにくそうにしながらも、上目遣いで私をチラリと見ると意を決したように言った。

「な……なぜ兄様との婚約を続けられたのか。お伺いしてもよろしいですか？」

「え？」

「ティツィアーノ様程の方なら、兄様と婚約破棄をしても引く手数多だと思います。兄様のティツィアーノ様に対する態度は僕から見ても……気分の良いものではなかったので……。だからと言って、貴方が兄様を好きなようにも見えなかったし、権力欲しさに婚約者の地位にしがみついているようにも見えなくて……」

恐るべし五歳児！

こんな小さな子に恋愛の機微が分かるの⁉

と、ツッコミたいけれど、きっと小さな子から見てもお互いを思い合い、支え合うという姿はかけらも見えなかったのだろう。

国王陛下も、王妃陛下も恋愛結婚ではないけれど、お互いが支え合い、信頼し合い、国の為に協力している。そこに愛があるかは分からないけれど、夫婦の愛の形はそれぞれだ。

アッシュ殿下の目には、兄が婚約者を罵り、鬱陶しがり、それを私が冷淡に受け流している様は異様に見えたのかも知れない。

「私には、……拒否権はないと思っていたんです。それでも、いつか王妃になった時、国民にこの国に生まれて良かったと。誇ってもらえる国にしようと……。後は、個人的な事情です」

母に認められたい。レオンに、私がこの国の王妃で良かったと誇ってもらいたい。

国民のためだけじゃない、個人的で、欲にまみれた思いもあった。

「兄様が謹慎中、議会で先王の孫でいらっしゃるレグルス公爵に王位継承権第一位を与えてはどうかと話が出ていたのですが、公爵さ……」

「いらん」

アッシュ王子の思いがけない話を遮ってレオンが不機嫌そうに言った。

「と、まあこのような感じで辞退されまして……。でも、ティツィアーノ様は、今まで王太子妃になるべく努力され、その座に相応しい方だと僕はずっと思ってました」

「ありがとうございます。アッシュ殿下にそのように評価して頂き、とても嬉しいです。確かにそうなるべく頑張ってきたつもりですが、婚約破棄をして頑張る必要がなくなったと正直ほっとしていたんです。王太子妃の椅子は私には……荷が重すぎました……」

そう言うと、殿下は微笑みながらも少し寂しそうに「そうですか」と言った。

荷が重すぎるだけじゃない。

他にも王太子妃になりたくない理由はある。

「――それに、王太子妃となった時、彼が側室を持つ可能性もあるじゃないですか」

「「え⁉」」

私がそう言うと、レオンが蒼白になってアッシュ王子と同時に言った。

「私は愛人など持つつもりはない！　ティツィがいれば他の女など……」

レオンがものすごい勢いで否定をしてくれたのが嬉しかったが、彼の言葉を遮って言った。

「貴方がそう思って下さっても、国王陛下となれば別ですよ。もし私が貴方との子に恵まれなければ議会は貴方の血を後世に残すために他の女性をお側に置くことを勧めます。それは私が王太子妃として教育を受けた内容の一つです」

アントニオ王子が別に何人側妃を置こうと気にもならなかっただろう。

むしろ、そうしてくれと思っていたぐらいだ。

でも、レオンが他の女性をその腕に閉じ込めることを私は我慢できないだろう。

「……私は、もうそれを許容できません……」

それほどに、彼を愛している。

不意に体が宙に浮き、レオンが私を抱き上げながらぎゅっと抱きしめた。

「ティツィ、愛してるよ……。私には君だけだ」

そう耳元で呟きながら包まれる彼の温かな体温に心が穏やかになって行くのが分かる。

彼無しにはもう生きていけない。

レオンの肩越しに、アッシュ殿下と目が合う。

「良く分かりました……。では、最後に一つだけ。僕は貴方に憧れていたから、貴方を目標に頑張っています」

「え？」

思いがけない言葉にきょとんとしてしまう。

「もし、レグルス公爵が他の女性にうつつを抜かしたり、愛想が尽きたらいつでも僕のところに来て下さい」

その言葉に、レオンの周囲の温度が氷点下にまで下がる。

それに気づかない……、いや、気づかないふりをするアッシュ殿下は澄んだ瞳ににこやかな表情を崩さない。

「ほう？　アッシュ王子はティツィを手に入れられる機会があるとお思いか」

レオンの腹の底から出るその声は、私たちを興味津々で見る貴族達を片っ端から凍りつかせていく。

「公爵様、リップサービスですよ」

慌てて フォローするも、レオンの周囲の温度は上がらない。

まだ殿下は五歳だ。年頃になれば、彼にふさわしい年相応の御令嬢が現れるだろう。

「そんなサービスはありがた迷惑だ」

そう言って私の顎に手を添えて、顔を近づけてきた。

「ちょちょちょちょ、公爵様？」

「何？」

「ま、待って待って……ここでは……」

「待てない。恨むなら、ティツィをこんなに綺麗にしたリタとリリアンを恨んでくれ。君が誰のものなのか、周囲に分からせる必要がある」

そう言って、アッシュ王子を睨みつけ、私にキスをしながら流れるように壁際に移動させられていく。

そんなバカな！

挨拶も無しにその場を離れる彼に唖然とするも、アッシュ王子はにこやかに、「リップサービスではないですよー」と手を振っている。

キスをされながら、周囲の貴族たちが道を空けるのを見ていられなくて思わず目を瞑る。

「帰って良い頃合いまでここで君を見る男共から隠しておくのが一番いい」

そう言ってやっと唇が解放されたかと思うと、壁とレオンの間に挟まれるようにして囁かれ、心臓が跳ねる。

その彼の腕の隙間から貴族達。特に令嬢達の視線をひしひし……ビシバシと感じる。

「……じゃあ、私はどうやって女性陣から貴方を隠したらいいんですか？」

拗ねながら下から彼を軽く睨んでそう言うと、レオンが目を見開いた。

レオンは綺麗だと言ってくれるが、彼を見ている令嬢の視線の数は圧倒的に多い。

彼の視界に他の女性が入り込んで欲しくない。

ふっと柔らかく笑う吐息が聞こえ、レオンが熱を込めた目を細めたかと思うと魔法が発動した。

隠蔽魔法だ。

ありえない。

「こ……ここでそんな高度なもの使う必要あります？」

「ここが一番の使い所だと思う」

そう言ってもう一度私の唇に、彼のそれが重なる。

自身の心臓の音が私の耳を占拠し、どうしていいか分からない。彼の温かい手が背中を優しく撫で、熱がさらに上がる。

「あああぁ、あの。レオ……」

その時、セルシオさんとリタが横を通り、彼らから見える訳ではないのに思わず両手で彼の胸を押すも、微動だにしないレオンはふっと吐息だけで笑った。

その笑いが恐ろしい程の色気を含んでいて……。

「お嬢様達はどこに行ったんですかね？　確かにこちらの方に行くのが見えたのに……」

「もうすぐ閣下が待ち望んだお二人の婚約式が始まるというのに……」

そう言ってセルシオさんはふぅと小さなため息をこぼす。

「しかし可哀想に、ティツィアーノ様は本当にこれで閣下から逃げられなくなったな」

「どういう意味ですか？」

リタが訝しげに尋ねた。

「閣下はティツィアーノ様がアントニオ王子と婚約破棄をしてから、ティツィアーノ様の好みを知る為にうちの諜報員を総動員して、サルヴィリオ領に送り込んだんですよ。今までひた隠しにしてきた感情のブレーキが利かなくなったんですかね。ティツィアーノ様に関してはもう……あんた誰って感じでしたよ」

その言葉にレオンの手がぴたりと止まる。

「そういえば、……婚約破棄後にお嬢様と街に出かけた時、慣れない視線を感じました」

「あ、それ。恐らくうちの人間ですね。あの時は南の海域の魔物問題があって、閣下がいないと片づきそうに無かったんです。自分で彼女の情報を集めに行こうとしてたのを、全力で止めたんです」

「どうやって止めたんですか？」

リタが疑問に思うのも当然で、セルシオさんが力でレオンに敵うとは思えない。

「『癒しの力を持つクラーケンの魔石をプレゼントしてはどうですか？　戦場に行かれる彼女は喜ばれると思います』と」

思わず、公爵様の方を見上げる。

あの手紙！

「あの山のように送られてきたクラーケンの魔石はセルシオ副団長の一言で大量生産されたんですね」

リタがドン引きした顔で呟く。

「まぁ、おかげで南海域の問題は早期解決。でも自分がサルヴィリオ領に行けないということで、一日三回諜報員に報告するよう命令してましたけどね」

「それは……」

更にドン引きしたリタの言いたいことが分かったのだろう。

「「完全にストーカー……」」

リタとセルシオさんが同時に呟いた。

「あいつら減給だな……」

そう呟くレオンの口元は柔らかな弧を描いているが、目が笑っていない。

そんな彼が可愛らしくて思わず私が笑ってしまう。

「まぁ、お嬢様も王宮に行くたびに公爵様の訓練の姿を盗み見ていたからおあいこですかね」

リタのその言葉に今度は公爵様が驚いたようにこちらを見る。

うぉおおおい！　やめて！　リタ！

ここでそれ以上口を開かないで！

また目の前のお方がじわりと色気を含み始める。

「ウチの副団長が、お嬢様の剣筋を見てレグルス公爵様のに似てるって言ってたんです。それでテトに聞いたらお嬢様が王宮に上がる度、騎士団の訓練場を能力発動マックスにして熱心に見てるって。それとなく聞いたら憧れの騎士だって言うんですよ。その話をするお嬢様は憧れじゃなく完全に恋に浮かれた少女でしたね」

それは主人を表現するのにいかがなお言葉かしら。

リタ！　言い方よ！　言い方!!

別の場所を探そうと去って行った二人の背中を睨みつけ、「リタも減給だわ」と呟く。

「いや、彼女は昇給だな」

見上げると、ニヤニヤが止まらないレオンが顔を近づけてきた。

「……愛してるよ。あの広い王宮の中、私を見つけてくれてありがとう」

そう囁いて頬に羽のように軽い口づけを落とす。

「レオンこそ……私がアントニオ王子の婚約者だからと諦めないでくれてありがとう。……あまりの自信のなさから逃げた私を……捕まえてくれてありがとう」

「……諦めるつもりも、他の女性と結婚する気も無かった。生涯、王妃となった君だけを守り、君の為だけに捧げるはずだった人生だ。君の心を手に入れられるなんて思ってなかった。死ぬまで手放す気はないから覚悟しておいて。……だからまず、早く『コレ』に慣れて」

そう言って、左手で私の後頭部を優しく支え、右手は明確な意志を持って私の背中を撫でる。

熱の篭もった目は直視出来ない程で、迫ってくる彼の唇は私の理性の限界を試そうとしている。

「お……お手柔らかにお願いします……」

そう言って目を瞑るのが私の精一杯だった。

あとがき

初めまして。柏みなみです。

この度は星の数ほどある本の中からこの本を手に取っていただき感謝の気持ちでいっぱいです。

この作品は私の大好物である勘違い、誤解、すれ違い。それらを詰め込んだ作品を書きたいという思いから始まったものです。

自分に自信のない令嬢が婚約者に裏切られて捨てられ、そしてまた裏切られる。

そこから自分を変えるべく動くも、長年持っていた劣等感など簡単に変えられず……と、悶々と悩むティツィへの愛を拗らせまくっている公爵。そんな彼をティツィが無意識に翻弄している様を楽しんでいただければ嬉しいです。

こうして皆様にお手にとって頂けたのも、不慣れな私をサポートしてくださった担当のO様、美麗すぎるイラストで私の妄想を掻き立ててくださった藤村ゆかこ先生。そして作品に携わっていただいた全ての皆様、応援してくださった方々にこの場を借りて御礼申し上げます。

それでは、またいつか皆様に会える日を夢見て。

柏みなみ

■ご意見、ご感想をお寄せください。
《ファンレターの宛先》
〒102-8177 東京都千代田区富士見2-13-3
株式会社KADOKAWA ビーズログ文庫編集部
柏みなみ 先生・藤村ゆかこ 先生

●お問い合わせ
https://www.kadokawa.co.jp/（「お問い合わせ」へお進みください）
※内容によっては、お答えできない場合があります。
※サポートは日本国内のみとさせていただきます。
※Japanese text only

初恋の人との晴れの日に令嬢は裏切りを知る

幸せになりたいので公爵様の求婚に騙されません

柏みなみ

2023年1月15日 初版発行

発行者　山下直久
発行　株式会社 KADOKAWA
〒102-8177 東京都千代田区富士見2-13-3
（ナビダイヤル）0570-002-301
デザイン　島田絵里子
印刷所　凸版印刷株式会社
製本所　凸版印刷株式会社

ISBN978-4-04-737329-7 C0193

定価はカバーに表示してあります。

◇◇◇